海鸥街的幸福生活

海鸥街上过新年

〔德〕科尔斯滕·波伊／著

〔德〕卡特琳·恩格尔金／绘

王烈／译

陕西新华出版传媒集团

未来出版社

图书在版编目（CIP）数据

海鸥街上过新年 /（德）科尔斯滕·波伊著；王烈
译 . -- 西安：未来出版社，2021.5
（海鸥街的幸福生活）
ISBN 978-7-5417-6981-8

Ⅰ. ①海… Ⅱ. ①科… ②王… Ⅲ. ①儿童小说—长
篇小说—德国—现代 Ⅳ. ① I516.84

中国版本图书馆 CIP 数据核字（2020）第 178210 号

Ein neues Jahr im Möwenweg

Copyright © Verlag Friederich Oetinger GmbH, Hamburg 2008

Simplifed Chinese translation copyright © Shaanxi Future Press Co.,Ltd. 2017

Simplifed Chinese translation rights arranged with Andrew Nurnberg Associates International Ltd.
All rights reserved.

著作权合同登记：陕版出图字 25-2018-017

海鸥街的幸福生活

海鸥街上过新年

HAIOUJIE SHANG GUOXINNIAN

［德］科尔斯滕·波伊 / 著　　［德］卡特琳·恩格尔金 / 绘　　王烈 / 译

总 策 划：唐荣跃	执行策划：王雷颖轩
丛书统筹：王雷颖轩	责任编辑：王小莉　周　楠
排版制作：未来图文工作室	封面设计：许　歌
技术监制：宋宏伟	发行总监：樊　川

出版发行：陕西新华出版传媒集团	地　　址：西安市登高路 1388 号
未来出版社	邮　　编：710061
电　　话：029-89120506	经　　销：全国各地新华书店
印　　刷：保定市铭泰达印刷有限公司	开　　本：710mm×1000mm　1/16
印　　张：8.5	字　　数：90 千字
版　　次：2021 年 5 月第 1 版	印　　次：2021 年 5 月第 1 次印刷
书　　号：ISBN 978-7-5417-6981-8	定　　价：28.00 元

目录

1　海鸥街的我们 / 1

2　我们的礼物 / 6

3　玩游戏，聊内裤（好羞羞）/ 16

4　帮大人买东西 / 24

5　去超市 / 35

6　去串门 / 45

7　捉豚鼠 / 52

8　把兰比藏起来 / 61

9　新年晚会 / 67

10　火车舞和羞羞舞 / 77

11　兰比暴露了 / 86

13　情人节贺卡 / 104

12　去消防队交圣诞树 / 93

14　可能有人爱上我了 / 113

1

海鸥街的我们

我叫塔拉，今年九岁。我觉得这是一个非常好的年龄，已经不是幼儿园的小屁孩儿（我弟弟茅斯就还在上幼儿园），还有很长时间才会长大，没有什么比这更棒的了。

我住在海鸥街 5E，我们这一排房子的倒数第二个。海鸥街还在修建，周围的房屋都很新，下雨的时候到处都是泥。每次茅斯把浑身上下弄得脏兮兮的时候，妈妈都会叹气说："赶紧修完吧！"但我觉得现在这样挺好，蒂妮珂也这么觉得。这一点儿都不奇怪，毕竟她是我最好的朋友。

我们的房子是海鸥街最好的，尽管两头的房子（5A 和 5F，我画在下面）更贵。

最顶头那家（5A）住着文森特、劳林和他们的妈妈。他们家

很有钱，他们的爸爸开一辆敞篷车（不过他们的爸爸不住在我们海鸥街，而住在开车三小时之外的地方。文森特和劳林的爸爸妈妈离婚了）。文森特十岁，劳林八岁，所以他们和我的哥哥派特亚很要好。我哥哥十一岁了，但文森特和他同班，因为文森特非常聪明。不过劳林就很一般。

另一头的房子(5F)住着克里菲尔德爷爷奶奶，他们岁数很大了，但人非常好。妈妈说我们很幸运，因为他们就住我们隔壁。要知道，不是所有没孩子的老夫妻看到邻居家有三个小孩儿都会高兴。克里菲尔德爷爷奶奶对我们特别好，像亲爷爷亲奶奶一样，真的很难得。

我觉得他们也乐于对我们好，派特亚、我、茅斯大多数时候都是乖孩子（派特亚有时候会调皮；茅斯还很小，才五岁，有时候会

无意间干傻事，但我们从来不大吵大闹）。

另一边的邻居（5D）是瓦赞先生和太太，他们也没有孩子，一开始不是很好相处，但圣诞节之前他们和海鸥街的人一起去买圣诞树，我过生日的时候（十一月）还在我家门上挂了一块巧克力（可惜是牛奶咖啡味，我不是很喜欢）。不过他们还是不允许我们从他们家后院跑来跑去串门。我和蒂妮珂有时候还是会从他们家后院走，谁让瓦赞一家正好住在我们中间呢！

之前瓦赞家还怕我们玩的时候越过界，跑到他们铺着草坪、栅栏上挂着小金球的漂亮前院里。派特亚说这排房屋的前院都这么小，八个孩子一起玩，难免会跑过界。

3

　　我们海鸥街一共有八个孩子，真是非常幸运，最幸运的是其中一个还是我最好最好的朋友——蒂妮珂。她和我同岁（九岁），还和我同班（三年级石特林老师那个班），那我们肯定会成为最好的朋友啦！可惜蒂妮珂住5C，刚好隔着瓦赞家，不是很方便。蒂妮珂说要是两个好朋友就住隔壁该多好啊！蒂妮珂家另一边是弗丽茨和悠儿家，她们也可以说是我和蒂妮珂最好的朋友，尽管悠儿十一岁，和派特亚一样大（所以和派特亚、文森特同班），弗丽茨才八岁，应该和劳林更玩得来（但她说不是，因为劳林是男孩儿）。弗丽茨全名叫弗里德丽卡，悠儿叫悠莉雅。

　　弗丽茨和悠儿家的另一边住着文森特和劳林，之前我讲过。这样派特亚至少也有两个男生小伙伴一起玩，不过才两个，可能有点儿不公平吧。

　　我说清楚了吗？我们三年级的人早就会写作文讲故事，我很会写，不过我觉得用文字把这排屋子里住的大人孩子讲清楚比较难，还是看照片更好，我现在就给你们看。

　　大部分照片都是蒂妮珂用她的数码相机照的。她没有照大人（不过他们不重要），倒是给她的两只小兔子照了许多照片。这两只兔子一只叫小黑绒，一只叫小白绒，本来应该是长不大的袖珍兔，结果却长成了巨型花明兔[1]，长得很大了。长就长吧，海鸥街只有这两只宠物，有足够的地方给它们。

　　这就是海鸥街的我们。我说过没有？我们这里是全世界最好的地方，蒂妮珂也这么觉得，其实大家都这么想，至少像派特亚说的"脑子正常"的人都这么认为。

---

1. 巨型花明兔：原产于比利时，体形十分庞大。

我们的礼物

圣诞节百分之百是一年中最好的时候，全世界都是这样（除了那些不过圣诞节的地方，希望他们有别的好时候吧），而我家的圣诞节肯定是最好的，所以平安夜已经过去让我觉得有点儿可惜。这是我们在海鸥街过的第一个圣诞节，我自然早就知道会过得很开心（因为我家什么时候都很开心），但谁也没想到会那么开心，所以我二十四号晚上上床睡觉的时候有一点点伤心，又要再过整整一年才能到下一个圣诞节。

幸亏圣诞节那天过得也很好玩儿。我一大早就醒了，外面天还黑着，但白雪闪闪发亮，好像小矮人在雪里面点了一盏灯一样（我知道世界上其实没有小矮人，但我觉得这么想挺有意思）。一开始我还想继续睡，因为才七点（我有一块手表，粉红色表带，上面还有亮闪闪的金粉画成的小仙女，所以在黑暗中也能看清时间）。但后来我想，醒这么早，自己这么清醒（妈妈喊我起床上学的时候从没这么清醒过），这样也不错，一天就有更多的时间，而且还是圣诞节，真是很幸运。

于是我轻手轻脚地下楼去客厅。其他人都还在睡。我走过爸爸妈妈卧室门口的时候，爸爸还在打呼噜！呼噜呼噜，真好笑，我忍不住笑了一下，但很轻很轻。

客厅里，圣诞夜的东西都还在，书架前的角落里有圣诞树，我一个人享受着，有一种安宁、欢乐的感觉，好像又是平安夜一样，不过现在要说也得是"平安早"[1]啦。

屋里看起来乱乱的，不过是圣诞节的那种乱，我觉得平安夜之后就应该是这样子。地板上堆满了礼物和包装纸，桌子上还摆着没洗的杯子，这在我们家可不常见，可见这是一个非常特别的早上。

我把圣诞树彩灯的插头插上。我们用的是电蜡烛，因为茅斯还小，爸爸说只能用电蜡烛，茅斯这个小调皮，用真蜡烛可能会出事。

其实现在我们可以用真蜡烛了，蒂妮珂、弗丽茨、悠儿都用真蜡烛，不过我觉得爸爸妈妈把这事忘了也挺好，我已经习惯了

---

1. "平安早"：相对于平安夜的说法。

我们的电蜡烛。

圣诞歌曲的CD还躺在CD机里，我打开，声音放得很小很小，然后又开开心心地把我所有的礼物都看了一遍。我收到了一个绿色的熔岩灯，我一直都想要一个。打开灯，里面的气泡会慢慢升起来，看起来非常神奇，这样客厅里也多了一点点圣诞气氛。

我还收到了一个串珠套装、两张CD和三本书（另外还有内衣内裤，但我觉得那些不算真正的礼物，因为是日用品，平常也可以给，不需要什么理由）。我不知道先玩串珠套装还是先看书，但转念一想，和蒂妮珂一起串珠子肯定比我一个人串有意思，那还是先看书吧。

我拿起其中一本，这是我最喜欢的一套书，想看很久了。我

高高兴兴地躺在沙发上，周围是各种各样的圣诞物品。圣诞歌曲还在放着，我给自己盖上深蓝色羊毛毯。这是外婆送给爸爸妈妈的圣诞礼物，不是给我的，现在却是我第一个用，真是好玩儿。不过我知道没关系，爸爸妈妈的就是孩子的，一家人嘛。毯子真的很舒服。

我打开书开始读，里面的故事既紧张又欢乐……突然，妈妈在我肩膀上拍了一下，唱道："小懒虫，快起床，看外面，大太阳！有位夫人来见你，懒觉小姐快起床！"这不是圣诞歌曲啊。

原来我看着看着就睡着了，自己都没察觉！深蓝色毯子实在太舒服，结果就这样了。

来找我的那位"夫人"自然就是蒂妮珂，她来看我收到了什么圣诞礼物。

妈妈说："刚才蒂妮珂在你房间没找到你，吓了一跳，还以为你昨天晚上被圣诞老人用雪橇带回他家去了呢！因为你这么喜欢做礼物，可以给他帮上大忙！"

其实都是没有的事，蒂妮珂也没那么想，都是妈妈编的，她觉得很好玩儿。妈妈们有时候会觉得胡编乱造很有意思。

蒂妮珂脱下冬靴放在门口，问我："你知道现在几点了吗？十点二十三啦！不骗你！"

其实我醒得比她早多了！七点就醒了，不过她当然不知道。

她问时间只是因为收到了一块新手表，表带上也有仙女，和我的一样，她一直想要一块。我觉得她在模仿我，不过我没说出来。

蒂妮珂来了，我们就一起看我收到的圣诞礼物。我还穿着睡衣，但我觉得圣诞节早上一直穿着睡衣走来走去也不用不好意思，就应该这样。

蒂妮珂特别喜欢我的熔岩灯，看起来都有点嫉妒，说她也早就想要一个，只是不知道我会收到，不然也会许愿要一个。

我觉得那样也不错，别人觉得我的东西好，我都会很开心。

蒂妮珂也想和我一起用套装串珠子，不过对书没什么兴趣，她向来觉得看书很费脑子，倒是想借一下那两张 CD，说她爸爸可以帮她录到 MP3 里。于是我就知道她收到什么圣诞礼物啦！圣诞节之前她还没有 MP3 呢。

"你现在得跟我到我家去，看看我收到的那些礼物！"蒂妮珂说。

那就说明她不止收到了 MP3，因为她说"那些"，我们在语文课上学过。蒂妮珂收到的礼物总是比我的多，有时候我觉得不太公平，但妈妈说蒂妮珂是独生女，收到的自然多。

我刚准备上楼到房间里换衣服（在这之前还得刷个牙），门铃就响了，是弗丽茨和悠儿。她们穿着崭新的冬装和靴子，也想看看我收到了什么圣诞礼物，那我就不着急换衣服了，先给她俩

看看我的礼物。悠儿也觉得我的熔岩灯很厉害，我很高兴。如果大孩子也觉得某个东西不错，那就说明不是骗小孩儿的玩意儿。不过就算悠儿不喜欢，我还是会喜欢我的熔岩灯。

最后我终于跑上楼换了衣服，去了蒂妮珂家。

蒂妮珂自然又收到了许多礼物，除了手表和 MP3，还有一个很漂亮的粉色拉杆箱、一本条纹布面有毛绒小熊头的笔记本、一条珍珠金项链（都是真的哦，不过我觉得没意思），还有一辆新自行车。我觉得圣诞节不应该给这么多礼物，因为这让人都不知道先为哪一个高兴才好。另外，我还是觉得我的熔岩灯怎么都比蒂妮珂的项链好（这我可没跟她说），而且我也不需要旅行箱，因为在房子上花了太多钱，所以我们家没有钱出去旅游。

弗丽茨说："圣诞老人给了你好多东西啊，蒂妮珂！但你有时候不乖，他没注意到吗？小精灵会记在本子上呢，那样就不会有礼物！"她看起来气鼓鼓的，"你怎么还是有这么多礼物呢？蒂妮珂，你说说。"

我、蒂妮珂、悠儿你看看我我看看你，不知道怎么回答，还好这时悠儿说："现在去我们家吧。"

弗丽茨和悠儿也收到了许多礼物，和我一样多，她们也不是独生女。弗丽茨收到了一支长笛，悠儿收到了一支单簧管，因为她们在新学校有音乐课，之前都是借乐器来用，悠儿说现在不用借啦，太好了。借来的都是塑料的，有时候还用胶水粘过。

弗丽茨和悠儿每个人还收到了两本书，当然还有内裤和袜子，不过圣诞节每个人都会收到内裤和袜子。她们还收到一套游戏，适合八岁以上的孩子玩，平安夜全家就已经一起玩过了。悠儿说特别好玩，让人哈哈大笑。我们几个女生约好等会儿也要一起玩。

悠儿还收到了一条名牌裤子，但看起来很普通，十一岁的人就喜欢名牌。弗丽茨还收到一个毛绒娃娃，这已经不适合八岁的孩子了吧，太幼稚了，弗丽茨说八岁只是快要超龄，但还没超龄。

不过她看起来还是有点儿不开心。

我问她："你不喜欢吗？"心想也许可以借来玩（九岁还没超过借娃娃玩的年龄）。娃娃的肚子软绵绵的，胳膊和腿晃来晃去，脸看起来像真的一样，就像一个睡着的小婴儿，我真想把它

抱在怀里。

弗丽茨摇摇头，又点点头，然后又摇摇头。

悠儿问："你到底是喜欢还是不喜欢啊？"

弗丽茨小声说，新娃娃实在太好看，她怕自己喜欢新娃娃就不喜欢旧娃娃了。那个旧娃娃一直陪在她身边，现在看起来已经不怎么好看了，又脏又破。

我很能理解弗丽茨的心情。旧娃娃一只脏脏的脚从沙发靠垫后伸了出来，我想，如果现在把两个娃娃并排放在沙发上，那旧娃娃一点儿机会也没有。我突然也完全不想要好看的新娃娃了。

悠儿很酷地说："你当然可以两个都喜欢啊！可以喜欢好几个，傻瓜！爸爸妈妈就喜欢我们两个啊！"

我马上说："我爸爸妈妈还喜欢三个孩子呢！所以你完全可以喜欢两个娃娃！"

只有蒂妮珂什么都没说，她是独生女，对这些事可能不太清楚。弗丽茨吸了下鼻子说，是啊，但我们都没那么丑啊。

"难道你觉得旧娃娃丑吗？"我十分气愤地说（尽管旧娃娃确实挺丑，但不能说出来啊，说出来旧娃娃就该伤心了；虽然娃娃不会真的伤心，但还是不能说）。

悠儿说："丑又怎样！喜不喜欢与看起来什么样没关系！爸爸妈妈爱所有的孩子，而且都一样爱！爱就是这样的，别人改变不了！"

弗丽茨看起来若有所思，然后十分小心地把旧娃娃摆到了靠垫前面。

"干吗啊？"悠儿问。

弗丽茨看了一眼新娃娃，又看了一眼旧娃娃，然后说要试试，也许两个都一样喜欢，旧娃娃其实也挺好看。

"当然好看啦！"悠儿说，"有不一样的魅力呢。"

我们都坐在地毯上，正准备玩那个有趣的游戏，弗丽茨和悠儿的爸爸就从门口探出头来。我觉得他是海鸥街所有爸爸中最好的（当然除了我爸爸之外）。

"女士们，抱歉！"他一边说一边郑重地鞠了个躬，好像我们真是四位高贵的夫人一样，"现在不能聚会了，因为有重要的事在等着我们。"

悠儿气呼呼地问什么事这么重要。她爸爸说，他们全家，包括爷爷奶奶外公外婆，还有叔叔婶婶和他们的小孩儿，都要一起去星级饭店吃大餐。

"晚点儿再聚吧，夫人们！"悠儿爸爸一边说一边又鞠了一个躬，还假装脱帽致意，他这个大人真的很会演。

弗丽茨说："哎，我想待在家里啊！有炸薯条吗？"

"应该有吧，"她爸爸说，"毕竟是带星级的饭店。"

我不知道什么是星级饭店，但听上去觉得很好很神秘。我们

家不怎么出去吃饭，因为爸爸说，那费用几乎得是百万富翁才负担得起，而且全世界也没有哪个厨师做菜做得和妈妈一样好。这点我完全同意爸爸说的。

于是我和蒂妮珂说了一声"拜拜啦！"就走了，不过我们已经和弗丽茨、悠儿约好下午到我家继续玩游戏。

我走到门口的时候转头看到弗丽茨左手抱着新娃娃，右手抱着旧娃娃。希望星级饭店也让带娃娃进去吧。

3

玩游戏，聊内裤（好羞羞）

我回到家，客厅里各种各样的圣诞物品都被收拾好了。爸爸把所有的礼物都在圣诞树下摆好，把包装纸收起、压平、叠好，这样明年还能再用，他说这样对环境好，我也喜欢这么做，因为每年都会想起前一年这纸里包的是什么，对今年包的东西就更好奇了。

中午我们吃了鹅，圣诞节就要吃鹅，蒂妮珂家圣诞节也总是吃鹅，每家都吃。我们家总是外婆来做，在鹅肚子里塞满苹果、坚果还有别的，闻起来就是圣诞节的味道。我特别喜欢这顿午餐，远远胜过平安夜的鲤鱼，没人喜欢那个，但必须得有，不然平安夜就不正宗。

我们都已经在餐桌边坐好了，派特亚才被爸爸叫醒，他一直在睡。这下清楚了吧，谁才是这个家里真正的大懒虫！妈妈说今天是圣诞节，派特亚可以破例穿着睡衣上桌吃午饭，但是不能玩新手机，毕竟圣诞节吃饭的时间是家人团聚的时刻。不过我还是觉得派特亚至少应该随便套上件衣服，有个穿着睡衣的哥哥在桌上把庄重感都破坏了。

吃完午饭之后，蒂妮珂来了，说今年她家的鹅里填的是栗子，是她妈妈跟电视上的美食节目学的新做法，但她并不太喜欢，不过她妈妈说这样比较高级。我们和茅斯玩了一会儿他的新城堡，因为反正要等弗丽茨和悠儿来，而且圣诞节应该对弟弟好一点儿（平时我对他也挺好）。可惜大炮上的皮筋松了，不能再开炮。

"这下好了！"外婆一脸严肃地说，"耍枪弄炮的干什么。"

茅斯说："大炮好！你不懂！"然后不小心又把一个小炮弹打到了外婆的脚上。不过不疼，我清楚着呢，因为我之前故意朝手上打了一下，试试好不好用。

这时门铃响了，弗丽茨和悠儿拿着她们的新游戏站在门口。我们上楼到我的房间，因为客厅里已经坐着大人还有茅斯。我们在房间里舒服的地毯上围坐成一圈。我点了一支蜡烛放在写字台上，还把蒂妮珂做好送我的圣诞彩灯挂在书架上，再把窗帘拉上，屋里暗暗的，特别有圣诞气氛。

悠儿在地上把游戏摆好，说我们一共四个人刚刚好。

弗丽茨告诉我们，在饭店吃饭一点儿也不好玩儿，根本就没有薯条。她们叔叔的孩子又一直闹，叔叔什么也吃不了，只能抱着那个小爱哭鬼走来走去。

而且弗丽茨在星级饭店里一颗星星也没有看到。"但是你知道吗？"她说，"圣诞烤鹅里塞的是栗子！"

蒂妮珂马上说她家的圣诞烤鹅里塞的也是栗子。我好像有一点点嫉妒，因为我们塞的只是普通的苹果什么的，尽管我也很喜欢。

每次我遇到什么事，而蒂妮珂、弗丽茨、悠儿碰巧也遇到一模一样的事，我就觉得特别好，现在却是蒂妮珂、弗丽茨和悠儿碰巧遇到了一样的事。

"哎呀，我们可以开始玩了吗？"悠儿不耐烦地问，"还是你们要继续说什么鹅啊？是不是还要说鸡啊、猪啊、羊啊？今天是农场一日游还是怎么着？"（悠儿最近总是很容易着急生气，我也不知道为什么。）

我们当然不想说什么鸡猪羊，我们聊天只是在等她把游戏摆好。

她向我们解释了怎么玩。这不是淘汰式的游戏（我最喜欢这种。那种游戏害怕马上要被淘汰的时候，心里急得痒痒的），而是像迷宫一样，有点儿难，要一直建通道，还要出牌收牌，不过我还是听懂了。

我正想着悠儿肯定会赢，就有人进来了，都没敲门。这人就是派特亚。他竟然还穿着睡衣！

他说："文森特和劳林向你们问好！我得看看女生们是不是又穿着袜裤走来走去呢！"

圣诞节之前蒂妮珂和我为班级圣诞晚会排练芭蕾，穿着袜裤在客厅里练动作，不巧被男生们撞见了，他们就笑话我们。

"如果我告诉文森特你们又穿着袜裤乱晃，他会立马坐下一班飞机回来！不可错过啊！"派特亚说，"可惜，我只能让他失望了，哪里也没看见袜裤。"他把手搭在眼睛上张望着，就像水手在桅杆上瞭望一样。

悠儿说："让文森特来吧，来看看你穿着睡衣的样子！你不难为情吗？真是的！"

"真是的！"我也跟着说。

派特亚向悠儿深深地鞠了一躬，小声说："你就开心吧，终于能看到帅哥的睡衣了！"我真是不懂这松松垮垮的男生睡衣有什么好看的。

　　弗丽茨问："你怎么知道文森特和劳林想要什么，派特亚？他们给你打电话了？"

　　派特亚酷酷地举起新手机说，没有，不需要。其实他们一整天都在互相发短信，他们俩让他向我们问好。

　　"问问他们圣诞节收到了什么礼物，派特亚！"弗丽茨说，但派特亚早就知道了，他们平安夜发短信最先说的就是这个。文森特和劳林当然也收到了很多礼物。

　　悠儿说："问问他们是不是也收到了内裤！如果没有，他们就是海鸥街唯一没有收到内裤的人，真可怜。"

　　这时茅斯从门口探出头来。"妈妈，悠儿说内裤！"他一边叫一边又跌跌撞撞地下楼，"妈妈，悠儿说内裤！"

　　派特亚拍了下脑门儿："哎，女生们说得对，圣诞节一定要收到内裤，不然没圣诞的感觉。"然后马上在手机上打起字来。他说每个月有五百条免费短信，根本用不完。

　　他告诉我们，文森特收到了三条名牌平角裤，劳林也差不多。明年文森特要在海鸥街开一家博彩店，赌每个孩子在圣诞节收到多少条内裤，肯定可以赚钱。

　　"净瞎想！"我说。男生们总是这么

不着调！

"就是！"蒂妮珂说，"赌内裤！羞羞羞！"

"幼稚！"悠儿说，"刚才轮到谁了？"然后我们接着玩。

但派特亚还没走。

他说："文森特送来一千份问候和亲嘴，我觉得亲嘴应该是给塔拉的。"（我们已经想好了，以后悠儿要和派特亚结婚，我要和文森特结婚，蒂妮珂要和劳林结婚，虽然劳林比她小，弗丽茨只能和茅斯结婚，这样我们大家就能一起在海鸥街继续住下去。）

派特亚噘起嘴对着空气亲来亲去，问："我要给文森特回多少个你的吻啊？"

我一下跳起来，想打他一耳光，但他跑得太快了，一下冲回房间把门锁上了。

"随他去吧，他就是闲得无聊。"悠儿说，"因为文森特和劳林不在，他也不想和我们一起玩儿。"我看她真的快赢了，不过她是我们女生中最大的。

后来派特亚又来了我房间，还和我们一起玩游戏，最多可以六个人一起玩，所以也不错。他终于换下了睡衣，穿上了正常的衣服，也没再惹我们生一点儿气，这样我就觉得有个哥哥还不错。（虽然派特亚玩游戏时一直在手机上打字，手机也一直响，然后他就跟我们讲文森特和劳林的事情，我们就告诉他怎么回答，不过他没有再和我们说"内裤""亲嘴"之类羞羞的事情。）

第三轮，我马上就要赢的时候（第一轮悠儿赢了，第二轮蒂妮珂赢了），妈妈在楼下喊我们下去喝咖啡。我真是不明白，眼看就要赢的时候，吃午饭、喝咖啡有那么重要吗？但是大人要我们下去，我们只能不玩了，害得我一次都没有赢。

派特亚说："文森特和劳林后天就要回来了。他们的妈妈滑雪时崴了脚，需要回家休养，他们的爸爸就把他们也送回来。"

派特亚看起来真的很开心，尽管别人的妈妈崴了脚不应该开心，但派特亚说无所谓。照他看来，也许文森特和劳林的妈妈根本没崴脚，就算她崴了脚他也不在乎，他只关心他的好哥们儿什么时候回来。

这时我突然发现自己也因为文森特和劳林要回来而有点儿高兴。奇怪吗？当然不奇怪，也许会有人觉得我爱上文森特了，其实只是因为大家都回到家里，所有人都在海鸥街的时候感觉更好。

喝咖啡时，派特亚告诉爸爸妈妈文森特和劳林要回来，可是他说话之前刚把一块我烤的榛子饼干塞进嘴里。

茅斯喊："满嘴东西的时候不要说话，派特亚！你不知道吗？"

"知道啦，知道啦。"派特亚说着又把一块饼干塞进嘴里，"哄小孩儿的！"有时候真不能相信他已经十一岁了。我看出来外婆好像不是很喜欢他这样狼吞虎咽，但外婆什么也没说。现在派特亚嘴里塞得满满的，说什么别人也很难明白。外婆人真好。

文森特和劳林能回来过新年，真棒！

这时我才第一次意识到，很快就是新年了，我们已经约好大家一起庆祝，我心里感觉暖暖的，非常开心。

我想，就算圣诞节已经过去也不用再那么伤心难过啦，新年也很好。

帮大人买东西

圣诞节之后不久，外婆就回她住的腓特烈施塔特市[1]了。

爸爸开车送她去火车站，我们也一起跟着。我有一点儿伤心，因为外婆要走了，这总让人伤心。

但外婆说不要伤心，我们一起度过了一个这么愉快的圣诞节，她会一直记得，而且腓特烈施塔特市也不是远在天边，我们肯定很快就会去看她，或者她来看我们的。

"我们还有你给的漂亮蓝毯子！"我突然想了起来。以后我裹上那条毯子时肯定就会想起外婆，除非因为太舒服又不知不觉睡着了，嘻嘻。

---

1. 腓特烈施塔特市：德国最北的石勒苏益格－荷尔斯泰因州中最北部的北费里斯兰县中的一个城市。

　　我们不能再一味想念外婆了，还要为新年做准备。其实是大人们准备，主要是悠儿和弗丽茨的爸爸米夏埃尔，因为要在他们家的地下室庆祝。那里有个吧台，是米夏埃尔自己修的，他很能干。

　　我们小孩儿当然也要帮忙。我们已经有经验了，海鸥街经常搞聚会，悠儿说熟能生巧，她长大以后如果不知道该干什么，就去帮别人组织聚会，肯定能赚很多钱。

　　但我觉得这不是一个好职业，我觉得还是为自己组织聚会比较好。

　　新年前一天是十二月三十一号，但我们在十二月三十号就已经把彩灯、彩纸和剩下的圣诞餐巾纸拿到了弗丽茨和悠儿家，于是她们的爸爸就把地下室都布置好了。本来还应该拿几张快歌 CD，但我们家一张也没有，不过没关系，反正米夏埃尔有的已经够用了。我现在已经知道明年我、派特亚和茅斯可以给爸爸妈妈送什么生日礼物了。

　　米夏埃尔把喝的也准备好了。大人喝起泡酒和橙汁，因为他说新年夜一定要喝起泡酒（不过他也买了红酒和啤酒，大人喜欢这些）；孩子喝苹果汁、柠檬汽水和橘子汽水，还有一大瓶可乐，这样我们在零点倒数时也有特别的东西可以碰杯庆祝。我们海鸥街的孩子不怎么喝可乐，因为妈妈说喝了以后会变得非常兴奋（我倒从来没发现）。

其他大人也都为聚会准备了吃的，除了瓦赞家，他们利用圣诞假期坐游轮环游波罗的海了。能在花园里铺上草皮，能给栅栏挂上金球，自然也能负担得起坐游轮玩。

新年前一天的早上我又醒得非常早，一到特别的日子我就会这样。蒂妮珂说她也是。如果特别的事情在那天下午才进行（比如庆祝新年），这就十分讨厌。我十点才去找蒂妮珂，她跟我说妈妈不让我在十点之前去敲她家的门。她说的，谁知道呢，也许蒂妮珂的父母想多睡会儿呢。

蒂妮珂说："现在我们还要等十一个小时！"她算得对，因为新年聚会要到晚上九点才开始，结束时间倒没定，可能很晚（也可以说是很早，因为已经到早上了嘛，这样说真好玩儿）。"还有那么长时间！这一整天我们干点什么呢？"

这时她妈妈说，我们可以先给她帮帮忙，她还不知道要做什么吃的带到晚上的聚会上。每家每户都得带点儿吃的，就像夏日嘉年华一样。那次蒂妮珂的妈妈做了巧克力慕斯和柠檬奶昔，不过她说再做一次不重样的没意思（我觉得不会，如果又是巧克力慕斯那很好啊）。她说她总在电视上看很多美食节目，所以知道很多新菜，很想试一下。

我希望别又是什么东西塞栗子。我在蒂妮珂耳边轻轻告诉她，她也轻轻告诉我，说她也希望不是那个。

"你们俩又在说什么悄悄话呢？"蒂妮珂的妈妈问，"还不如四处看看，打听打听邻居们都要带什么东西去，这样我就可以做点儿不一样的啦。"

我和蒂妮珂都很愿意，我们一直乐于助人，这是应该的，而且去打听也很有趣。

我们先从弗丽茨和悠儿家开始。她们的妈妈准备做菠菜菠萝沙拉和奶酪罗勒拌西红柿，听起来就不怎么好吃，只能指望别家的更好了。

弗丽茨和悠儿见我们来了很高兴，说她们也一个小时以前就醒了，不知道该干什么，还说很愿意做点儿事情，和我们一起看看大家都要带什么吃的去聚会。

"你们没有带张纸记下来吗？"悠儿一边问一边又回到自己房间，拿能写字的东西，"不记下来怎么能记住啊？"我这才意识到我们忘了写下来。我对自己有点儿生气，我最喜欢写清单，现在却被悠儿抢去干了。她拿了一个小本子，是她收到的圣诞礼物，上面还有某个歌星的照片，不过她拿的笔很普通。

我家就不用去啦，妈妈肯定又要烤面包、炸青麦饼，当然也有肉饼，有些人不太喜欢青麦。

爸爸又要做他那世界著名的蘑菇沙拉，我早就知道了，因为昨天他让我一定要帮他切蘑菇。真的要切很多，因为要给十七个人做沙拉。这么多人一起庆祝新年，是不是很棒？十七个人分别是：

5E 五人：爸爸妈妈、派特亚、茅

斯、我

5A 三人：文森特、劳林和他们的妈妈

5B 四人：弗丽茨、悠儿和她们的爸爸妈妈

5C 三人：蒂妮珂和她的爸爸妈妈

5F 两人：克里菲尔德爷爷奶奶

（这也是个清单啊。）

总共十七人，我算了两遍呢，用加法。

瓦赞家当然不用去了，就只剩下文森特和劳林家，还有克里菲尔德爷爷奶奶家。

我们按了文森特和劳林家的门铃之后，过了好久门才开。

原来只有他们的妈妈在家，要一瘸一拐地来开门。文森特和劳林坐公交去市里了，要把奶奶给他们的礼券用掉。之后吃午饭时派特亚说他也要一起去帮他们挑东西。

（我不喜欢礼券，还是实实在在的礼物更好，蒂妮珂说她也不喜欢，弗丽茨也是，只有悠儿说礼券很棒。）

"是你们啊！"文森特和劳林的妈妈说，看起来很难受的样子，"有什么事吗？"她估计不知道为什么我们要在这时候来按门铃。看她拄着拐杖，可以理解她不想一瘸一拐地穿过整个屋子来开门。

悠儿负责记录，所以蒂妮珂、弗丽茨、我轮流问问题，我第一个。文森特和劳林的妈妈说，上次夏日嘉年华她带过独家前菜，但这次脚伤了做不了，只好带个奶酪拼盘，大家肯定都能理解。我说是的，大家会理解。我觉得这样也不赖，她的独家前菜就是一堆黑乎乎的东西浇上许多油，没有孩子喜欢这个。奶酪拼盘倒更好呢，至少强一点点吧，如果有嫩豪达奶酪[1]和又小又可爱的蜡封奶酪球就最好啦，外面的蜡还可以玩。

悠儿写下"文森特和劳林家：奶酪拼盘"。这时我突然想到一个主意。

"我们帮您吧！"我说（对其他人的妈妈我基本上都说"你"，但对文森特和劳林的妈妈还是说"您"，她还没说我可以不用敬称），"要不要我们去买奶酪？您脚伤了就不要去了！"

幸亏我想到了这个主意，我们很快就打听完了，之后做什么呢？我真的想不出来。我们可以帮忙，让文森特和劳林的妈妈也很开心。

她问："你们真的要帮忙买吗？"然后就告诉悠儿要买什么奶酪，还让我们记下来。悠儿一边写一边吐舌头，都是些好难写的词啊！之后悠儿说大部分都是法语词，所以写起来很不习惯。法国的奶酪是世界上最好的，至少是最高级的。

可惜文森特和劳林的妈妈既没有说"嫩豪达"也没有说"蜡封奶酪球"，我就十分小心地问了一下，但只问了嫩豪达，不然会显得很冒失，因为蜡封奶酪球挺贵的。

---

1. 豪达奶酪：色泽淡黄，口感温和香醇，名字取自荷兰小城豪达。

"你们想要吗？"文森特和劳林的妈妈问，我们就说我们都最喜欢那个。

"派特亚和茅斯也喜欢！"我说。

于是她又加上了嫩豪达奶酪，但稍稍叹了口气。

她给了我们钱和一个购物篮，我们可以马上去买，当然也可以去我家把那个大购物袋拿上，但我觉得不太好，帮别人买东西的时候，就应该用别人的购物袋或者购物篮。

走之前我们还去了克里菲尔德爷爷奶奶家。蒂妮珂说可以问问他们要不要我们帮着买东西，那样跑一趟就行，把两家的东西都买来，省得跑两趟。

克里菲尔德爷爷给我们开了门。

他说："老婆子，老婆子，小姐们来啦！"每次他因为我们来而高兴，我都乐滋滋的。他问："我以为今天晚上才见面，是不是我搞错啦？"

我说不是不是，我们只是想问点儿事，然后碰了一下蒂妮珂，因为该她问了。

"你们准备带什么吃的去啊？"蒂妮珂问。

"今天晚上吗？"

克里菲尔德爷爷说要问问他家领导才知道（他说的领导就是克里菲尔德奶奶，我们都知道，他总这么说）。这时，厨房门开了，

克里菲尔德奶奶走到大门口。

她说："啊，是我最喜爱的四个女孩子啊！"她人真好，我知道我们也很乖。

"能为你们做什么吗？"

我们说其实是我们想为她做点儿事情，然后蒂妮珂又问她要准备什么吃的。克里菲尔德奶奶好像很紧张，说又要做她拿手的土豆沙拉，但怕我们觉得没意思。

"做吧做吧，克里菲尔德奶奶，不会没意思！"弗丽茨喊道。

我们其他人也马上都这么说，因为现在单子上唯一让我们觉得好吃的真的就是"土豆沙拉"！弗丽茨和悠儿的妈妈要做的奇怪沙拉还不知道怎么样，蒂妮珂的妈妈如果又要做美食节目里的东西，估计又是栗子什么的，奶酪拼盘里好吃的也只有嫩豪达奶酪，至于妈妈的小面包，一整个下午我都觉得对聚会来说也没多好。

弗丽茨说："你做的土豆沙拉是全世界最好吃的，克里菲尔德奶奶！"（我们在游园会和夏日嘉年华上吃到过。）

克里菲尔德奶奶清了清嗓子说受到夸奖很高兴，还问我们反不反对她再做一大碗普通的老式巧克力布丁。我们马上说一点儿也不反对，而且我们最喜欢老式的巧克力布丁了，比巧克力慕斯还喜欢，况且这次没有巧克力慕斯。

"要我们帮你买什么东西吗？"蒂妮珂问，"我们很乐意帮忙！"

但克里菲尔德奶奶说不用啦，不用啦，配料家里都有，用来搭配土豆沙拉的香肠她老伴儿负责买，他知道哪家好。

"但你们今天有时间去买东西吗？"克里菲尔德爷爷一脸惊讶地问，"你们不去挨家挨户敲门要东西吗？"

我们说不用啊，因为根本都不知道迎新年还有这习俗。

"你们不知道？"克里菲尔德爷爷大声问，"老伴儿，你听见了吗？多么可怜的童年啊！"

然后他告诉我们，在他小时候住的地方，孩子们在新年前一天下午总是天一黑就打扮成各种样子，挨家挨户敲门，人们都要给他们礼物。

"那是万圣节，克里菲尔德爷爷！"蒂妮珂说，"你弄混啦！"老年人就是记性差。

但克里菲尔德爷爷说记得清楚着呢，没弄混，万圣节要打扮得很吓人，新年串门想穿什么都可以。

"公主装也可以吗？"弗丽茨兴奋地问，去年狂欢节她就穿了公主装。

克里菲尔德爷爷说当然了，公主装也可以，还可以戴假睫毛和皇冠，漂亮得像画里一样，照得镜子都碎啦，穿滑稽的衣服也可以。他觉得新年串门比万圣节好，因为穿什么都可以。不过要说一段顺口溜，对我们小孩儿来说可能太难了。

"不难不难，说给我们听听，克里菲尔德爷爷！"弗丽茨喊道。

"好吧，我看看能不能想起来。"克里菲尔德爷爷说。

5

去 超 市

岁数这么大的人，还能记得那么多年前还是小孩子时背下的顺口溜，是不是很不可思议？但他们确实记得，克里菲尔德奶奶也知道这顺口溜，就一起对我们说，然后哈哈大笑。

"现在你们要给我们东西。"克里菲尔德爷爷边说边向我们伸出一只手，"给个苹果吧，新年给苹果很合适。"

我们说没带苹果呀，克里菲尔德奶奶说只是开玩笑啦。

现在我把那首顺口溜写下来：

敲敲敲，快开门

别让我再等等等

别让我再望着门

还要去找一家人

那家住着石先生

后面还有一家人

那家住着施先生

后面还有一家人

那家就是圣诞老人

是不是很好玩儿？而且要用方言念，听起来就像咒语一样。

"是什么意思啊？告诉我们吧,克里菲尔德爷爷!"弗丽茨喊道。克里菲尔德爷爷就解释给我们听。他小时候在家里和爸爸妈妈一直都说方言。我觉得其实想一下也就明白啦。

我让悠儿赶紧拿本子把顺口溜记下来，而且要按方言的发音，等我们买完东西，做完其他事情，就可以去敲门念顺口溜要东西啦！蒂妮珂说太好了，弗丽茨兴奋得一直蹦蹦跳跳。

只有悠儿很不好意思的样子，她说："那不太好吧。"

我一把拿过本子说："那你就别和我们一起了!"然后克里菲尔德爷爷一个字一个字地念，我按方言的发音把顺口溜记了下来，写在奶酪下面,本子上尽是些奇奇怪怪的词(因为奶酪都是法语词)。

之后我们终于去了超市。我说现在感觉开心多了，因为知道克里菲尔德奶奶会做好吃的带去聚会，希望她做得够多，不管聚会几

点结束一直都有。

弗丽茨在半路上突然站住，气呼呼地问："我呢？你们的小跟班吗？"

悠儿问："怎么了？有什么不对劲儿吗？"

"都没轮到我提问！"弗丽茨大声说，"你们说大家轮流，但根本没轮到我！"

我和蒂妮珂你看看我，我看看你，然后说只有两家要问啊，文森特和劳林家、克里菲尔德爷爷奶奶家，我们一共三个孩子，肯定会多出一个。

蒂妮珂说："这不是我们的错！"

悠儿说："如果瓦赞家也来，那就能轮到你问了。"反正在我

们这里什么都是瓦赞家的错。

"耍赖皮！"弗丽茨喊道，我看她肯定又要闹了，"你们真讨厌！"

我赶紧说，可以让弗丽茨去奶酪柜台买奶酪，她才安静下来，但悠儿说还是看看吧，弗丽茨不怎么会说法语（我觉得二年级也不用会说法语）。

悠儿说对了。弗丽茨照着单子把奶酪的名字念给售货员听，售货员一个字也没听懂，还是得让悠儿来念。弗丽茨一脸不高兴（一开始她还不小心念成了那首顺口溜，售货员说从来没听说过这些奶酪）。

不过就算悠儿努力把那些法语词都念得很标准也没用，因为大部分奶酪超市都没有。

售货员说："我们这里没什么人要买这些。"我就知道，本子上写的那些奶酪又像文森特和劳林的妈妈为夏日嘉年华做的前菜一样，听起来很厉害，但吃到嘴里只会让人失望。

"要不你们拿点儿别的东西，也很好的。"售货员说。

于是我们又多拿了点儿嫩豪达奶酪，还有瑞士的艾蒙塔尔奶酪[1]（爸爸很喜欢）。悠儿说她爸爸觉得荷兰的雷达美奶酪[2]很好，售货员也给我们切了一块。

---

1. 艾蒙塔尔奶酪：富有弹性，稍带甜味，是一种大型干酪。
2. 雷达美奶酪：奶酪品牌名称，是半硬质荷兰干酪。

我碰了碰蒂妮珂小声说："你觉得要不要再拿点儿那种蜡封的小奶酪？"蒂妮珂想了一下说，应该拿点儿，不然太少了，不够晚上十七个人分的。那文森特和劳林的妈妈就会很尴尬，只带了那么点儿东西去。于是，我们又拿了两小袋蜡封奶酪。

你猜我们穿过蔬菜区向收银台走的时候遇到了谁？爸爸！他的

购物车里装的几乎都是蘑菇，一个个立在可爱的小篮子里。

"爸爸！"我喊道。我觉得在超市意外遇到自己的爸爸真是太特别了。

"啊？我们认识吗？"爸爸假装挠头说道，然后又一下子把我搂进怀里，紧紧抱了一下，不过只是一下下，感觉很好但不会让人难为情。

可惜我们要走了，要把买的东西送到文森特和劳林家去。

结账的时候我们让弗丽茨给钱，我觉得很好，弗丽茨又开心了起来。

我们把奶酪拿给文森特和劳林的妈妈，她看起来有些郁闷，看了看购物篮里的东西说希望大家能理解，她脚伤了做不了什么东西，邻居们只能凑合凑合啦。我说大家肯定都能理解。

然后就该吃午饭啦，之后还要帮爸爸切蘑菇，不过我很乐意。

切得差不多了，桌上只剩一小篮蘑菇时，又有人来按门铃，可是我走不开，正干活儿呢。

这时茅斯冲到了门口，他一整天都很兴奋，因为妈妈给他买了三盒摔炮，他总想吓唬人，不过只能往外面扔。我听见他开了门，然后就是一声"砰"，肯定是他摔了一个摔炮。

"吓到没？"茅斯喊道，"是不是要晕过去啦？"

"我躺在地上了吗？"弗丽茨凶巴巴地说，"不就是个摔炮嘛！"

原来刚才按门铃的是弗丽茨啊。

茅斯看她穿着公主服就喊："弗丽茨要过狂欢节啦，塔拉！现

在不是狂欢节啊，弗丽茨！现在要庆祝新年！"

弗丽茨装作没听见，问我："我们还去挨家挨户敲门要东西吗？"她穿的是去年狂欢节的华丽公主服，只不过现在短了一点点。

"不会吧！"爸爸说，"现在皇室的人都来海鸥街拜访我们啦！"然后手拿菜刀深深地鞠了一躬。

"是我！"弗丽茨喊道，"我是弗丽茨！"

我也应该找些特别的衣服穿上。

爸爸说这下可松了一口气，最后一点儿蘑菇他自己切就可以了，之前有个能干的小帮手，所以剩下的活儿也费不了多少力气。

能干的小帮手当然就是我。

我问悠儿怎么没来，她说悠儿觉得这是哄小孩儿的把戏。我们就知道悠儿会这么说。每次我们想做点儿什么好玩儿的事，悠儿就表现出一副小玩意儿没意思的样子，但大部分时候后来又要一起。

蒂妮珂肯定要去，所以我就让弗丽茨去叫蒂妮珂。我赶紧跑到地下室，在我们装衣服的箱子里翻来翻去。茅斯也跟着来了。

地下室有一床旧毯子，包着我们所有的奇装异服，虽然不是真正的箱子，我们就当成它是。里面有奇怪的帽子，还有挂着胡子的眼镜，不过这些我都不想要，弗丽茨穿得那么漂亮，我也要穿得很漂亮。

茅斯穿起去年狂欢节我的老虎服，但袖子和裤脚太长，他得卷

起来。他说自己是"虎娃"，虽然皮太大，但还是很凶猛。

"当然了！"我说，"所有人都怕被你的'虎炮'打死！"幸亏这时候蒂妮珂来了，不然茅斯可能会发现我在逗他。

蒂妮珂也穿得好漂亮！和弗丽茨一样。她妈妈明白为什么我们都要穿漂亮的衣服，因为万圣节的时候只能穿吓人的，所以蒂妮珂也穿成小公主。她和弗丽茨一样穿了去年狂欢节的衣服，说今年狂欢节还要穿这身，只不过她妈妈要在下面缝一层漂亮的布，这样就看不见雪地靴了（蒂妮珂也长高了）。不过现在不用改，穿着挺好。

我就成了唯一没有公主服的女生，家里只有那些奇怪又没意思的衣服。不过我找到了一件妈妈的很旧的花朵夏装和高跟鞋，还有一块蕾丝桌布，我可以披在肩膀上，就像华贵的披肩一样，那我看起来就像个真正的贵妇啦，可惜不是公主，没有皇冠。

"你可以当伯爵夫人啊，塔拉，伯爵夫人也很好！"蒂妮珂说。

我想，现在有两个选择，要么因为就我没有公主服而生一肚子气，要么就扮成伯爵夫人去敲门，我觉得扮伯爵夫人比生气强多了。

"对，我就是伯爵夫人！"我装着用最高贵的声音说。穿着这双旧高跟鞋走路太难了，鞋是 38 码的，我的脚才 35 码 。"我非常有钱，我有金银珠宝，我丈夫是伯爵。您想和我借什么就尽管借吧，我最亲爱的公主！"

"我也可以借吗，塔拉，你有什么东西给我？"茅斯喊道。他还分不太清什么是玩笑，你说什么他都当真。

"我不需要向您借任何东西，亲爱的伯爵夫人，我比您更富有！"蒂妮珂说，"我可是公主！公主比伯爵夫人高级！"

"我也比伯爵夫人高级！"弗丽茨喊道。

这时我有点儿不高兴，气鼓鼓地说："我才更富有！你们不过是一对贫苦的公主姐妹，而且你们的父王已经死了，如果我不给你们吃的，你们就要饿死！"

蒂妮珂说："我们才不会饿死呢！"

弗丽茨说："我们才不会！你说了不算！"

我们差点儿吵起来。

"我也会饿死吗，塔拉？"茅斯惊恐地问。

我说："你不会饿死，因为你是虎娃，专吃公主。老虎吃公主，茅斯，这里的公主足够你吃。"

"但不吃你。"茅斯说。

我说："对，因为伯爵夫人是虎娃的姐姐，兄弟姐妹不能吃。"

"你胡说八道些什么啊？"蒂妮珂气呼呼地说，"这是什么破游戏？我们不是要挨家挨户敲门去要东西吗？"

对啊，我们应该去敲门要东西啊，所以我们又和好了。

去 串 门

爸爸在厨房做蘑菇沙拉的调味汁，妈妈做的小面包也正在炉子里烤着，闻起来非常香，这几乎是我最喜欢的味道，说不清楚为什么，一闻到这味道我就会想起星期天的早晨，感觉非常放松。

但妈妈可一点儿也不放松，"停停停！"她边说边像个警察似的堵在我们面前，戴着巨大的烘焙手套，看起来非常滑稽，"你们不会就这样去外边吧？大衣也不穿，这不是找着生病嘛！"

蒂妮珂说我们要去串门，就得让人看见我们的服装啊，如果穿着大衣外套那根本就不用去啦。她说得有道理。

弗丽茨说："是啊！"

我说："就是，妈妈，求求你了！让我们去吧。"

妈妈问："穿着高跟鞋？还要去雪地里？"

其实已经没有多少雪了。幸亏这时候爸爸说话了，他觉得我们十分钟就会冻生病，但只要我们保证在外面待不超过十分钟，结束了立马回家，到厨房喝杯热柠檬汁，再泡泡脚，那应该也没什么关系。

"好吧！"妈妈边说边无奈地看了看爸爸，她把计时器给了我们，是一个很好玩儿的小厨师，把头一拧就开始嗒嗒嗒地大声计时，走得飞快。妈妈把时间定在了十分钟。

"敢耍花招就给我等着吧！"妈妈边说边把计时器挂到了旧夏装又大又宽的领子上，它在我胸前嘀嗒嘀嗒狂走，"赶紧去！"

蒂妮珂想先去文森特和劳林家，因为他们家是我们这排房子的第一家，但我说他们的妈妈还拄着拐杖，我们就不要再去打扰了，所以从弗丽茨和悠儿家开始。

可惜她们的爸爸妈妈刚出去买东西了，悠儿开门告诉我们。

"这嘀嗒嘀嗒的是什么啊？"她问，看起来好像有点儿妒忌，因为她没和我们一起串门。"我觉得走得不准！"

不过我并没生气，悠儿把门关上了。

蒂妮珂说最好不要去她家，她妈妈做美食节目上的新菜做得正兴起，如果去打扰，她会很生气，还可能会把菜烧煳。

"好吧，那我们要去哪家敲门啊？"我问。

瓦赞一家还在旅游，那就只剩下我家（但我觉得去自己家没意思）

和克里菲尔德爷爷奶奶家。

　　我们推开克里菲尔德家的院门，我一下高兴了起来，窗台上还放着圣诞节留下的老式拱形烛台，厨房窗户上有一颗星星，不过已经不亮了。天已经黑了，只有真正的星星在天上一闪一闪。我忽然觉得很庄重。

　　"啊，真是惊喜啊！"克里菲尔德爷爷开门看见我们大声说（其实他之前知道我们会来，不过也许他又忘了，外婆说老年人就是健忘），"老伴儿，快来快来！有四个孩子来串门啦！"

"有一个是老虎！"茅斯喊着，"看我看我，克里菲尔德爷爷！呜哇哇哇！我很凶！"

"啊，真是一只可怕的老虎！"克里菲尔德爷爷说，"天啊，还有三位……公主，是吗？"

我听到很高兴，他以为我也是公主。

我用胳膊肘碰了一下蒂妮珂，小声对她说："开始吧！"但我们事先没讲好谁先开始念顺口溜，结果蒂妮珂一个字都不说，弗丽茨也是，可我一开始，她们也马上跟着念起来。我们能全部背出来，之前练过。（只有茅斯还说不好，听起来总像"超超门，超超门"，不过没关系。）

"不是吧！"克里菲尔德爷爷说，"她们还会念顺口溜呢！那得看看有什么可以给孩子们啊，是不是，老伴儿？"

克里菲尔德奶奶说没问题，还想给我们四个人冲热可可呢，因为我们看起来都冻得透心凉了。

我说可惜只能待十分钟，然后拿下领子上的计时器一看，只剩三分钟了。

克里菲尔德奶奶用彩带扎了些保鲜袋，非常漂亮，里面有什么也一目了然，有一枚 20 欧分的硬币、一枚 10 欧分的硬币、圣诞节的碎屑巧克力夹心饼干、老式糖饼。我不太喜欢老式糖饼，不过没关系，小袋子还是很棒。克里菲尔德奶奶把所有小袋子摆在一个大大的沙拉碗里，放在我们面前让每人拿一袋。茅斯挑了好久，每一袋都要拿起来左看看，右看看。"那这些给谁啊？"他问，因为沙拉碗里还剩四袋呢，也许克里菲尔德爷爷奶奶以为八个孩子都会来，如果他们没忘记我们要来的话。

克里菲尔德爷爷说，如果茅斯能数出来碗里还有几袋，也许他就知道了。

"你不会吗，克里菲尔德爷爷？"茅斯一脸惊讶地问，"你不会数数？还有四袋啊，真是小儿科！"

克里菲尔德爷爷挠了挠脑门儿说，哎呀，茅斯数得真好，太厉害了，如果茅斯能告诉他现在门口站着几个孩子，那茅斯很快就可以上小学了。茅斯还小呢，离上小学还有很久，克里菲尔德爷爷人真好。

"四个，克里菲尔德爷爷！"茅斯大声说，"你不能上学，克里菲尔德爷爷，你不会数数。"

克里菲尔德爷爷说，幸好上学之类的事对他来说已经结束了，碗里有四个袋子，门口又正好有四个孩子，那问题就解决了啊。

于是我们每个人还可以再拿一袋。克里菲尔德奶奶说我们要赶紧回家暖暖身子再继续，不然会冻生病。

之前妈妈也这么说，我真想知道过去的孩子怎么串门又不让自己冻着。

我们刚刚走出院子门口就突然看见派特亚从黑暗中跑了过来。

"嘘！"他悄声说，"有重要的事！哎，你们也来吧！"

我意识到一定很重要，因为派特亚都没嘲笑我们的衣服，平时他总是笑话我们，现在他脑子里肯定有更重要的事。

"The Seven Cool Kids 有任务了！"他小声说，"大家听好，厉害到爆！"

之前我们曾组过一个团体，叫 The Seven Cool Kids（茅斯还不能参加，不然就是八个人，应该叫 The Eight Cool Kids）。其实也没什么活动，我都快把这个团体忘了，但只要组过团体，团体就一直存在，就算没有揭发犯罪，没有跟踪坏人，没有寻宝，没做过团体该做的事。

于是我们四个都围到派特亚身边（虽说茅斯并不属于我们这个团体），冷得牙齿直打架。

派特亚把一根手指放到嘴上，低声说："抓动物！非常紧急！绝对不能声张！"

就在这时，我领子上的计时器响了。

"你干吗要挂个闹钟啊？"派特亚说，"是不是怕自己不小心睡着？女人啊，真是的！"他说得好像我脑子有问题一样。

派特亚老这样！但我觉得现在不是跟他吵架的时候，抓动物要紧，团体就该做这样的事。

不过我们先得回家暖和一下。

捉豚鼠

　　妈妈已经在厨房里准备好了两个泡脚桶（一白一粉）和两个大塑料碗。炉子上的锅飘出暖暖的香气，我就知道妈妈已经煮好了美味的苹果茶。在我们家，泡脚的时候总要配果茶，妈妈说这样就内外都暖和啦。

　　虽然我觉得泡脚喝茶很舒服，但现在更想知道派特亚到底要做什么，但他什么也不说，直接跑到地下室拿了两个手电筒上来。

　　"你不会偷偷拿了鞭炮吧？"爸爸说，他有时候真的疑心很重，"还是拿了烟花？"派特亚有时就会干这事。

　　但派特亚只是举起那两个手电筒说不需要烟花爆竹，有这两个就够，然后就又跑出去了。不过经过我身边时低头对我耳语了一番，听起来像是"市政厅"，于是我明白了我们要尽快去那里，心里变得十分忐忑。

我没心思再泡脚，苹果茶也不想喝，看得出来蒂妮珂和弗丽茨也一样，一直对我挤眉弄眼使眼色。她们不能问派特亚说了什么，因为妈妈一直在厨房做她的肉饼。抓小动物显然要保密，不然派特亚就直接告诉我们了。

妈妈很快就放我们走了，因为看我们脸蛋红扑扑，已经暖和够了。我们披上羊毛毯，然后我冲回房间换衣服，弗丽茨和蒂妮珂也飞快跑回家换衣服。

我对茅斯说有一个重要任务要交给他：坐在卧室的窗前，不开灯，监视外面。

我低声说："这是小组分配给你的任务！防止有人悄悄溜进来！"

"会有人悄悄溜进来吗，塔拉？"茅斯又紧张又兴奋地问，老虎服的上半身掉下来，都落到脚面上了，看起来不再那么凶猛。"为什么他要悄悄溜进来呢？"

"这是秘密！"我小声说，"你也听到派特亚说的话了！（其实派特亚什么也没说。）你要在这里放哨！你发誓！"

"我发誓！"茅斯一边喊一边把十个指头都伸了出来，他还不太知道发誓的手势，"但我想把灯开着。"

"那坏人就能看见你啦！"我悄悄地说，"监视的人要藏在

暗处！"

但我出去后看见卧室的灯还是亮了，不过没关系，我只是不想让茅斯跟着，打扰我们在市政厅广场上做重要的秘密任务。

蒂妮珂、弗丽茨、悠儿已经在等我，现在悠儿突然也要一起去抓小动物。

蒂妮珂的妈妈说不想让我们出去，外面已经那么黑了，到处都能听到鞭炮声，小混混儿们也在周围晃来晃去，点冲天炮，她觉得有点儿危险。

但悠儿说她班上的人新年前夜都要出去玩，而且蒂妮珂、塔拉、弗丽茨也没小多少。她帮我们说话倒是很好，外面也没那么吓人，大路上有几个小青年站在道沿儿上，我们走过的时候都没抬头看。他们有很多别的事要做呢，有几千个冲天炮要点（估计的，可能只有几百吧，或者十个二十个），嗖的一声窜到天上，很刺耳。我真不明白这有什么好玩儿的，为什么男生都喜欢玩，我觉得烟花漂亮多了，在天空中炸开，像花朵和流星雨一样。

只有我和蒂妮珂在快到市政厅时被吓了一大跳（我们走得很着急，在很前面，弗丽茨和悠儿走在后面），有一个鞭炮突然就在我们面前炸了，一点儿预兆都没有！我知道鞭炮其实没什么危险，但突然从暗中蹦出来炸开还是很吓人。

我一点儿都不觉得丢人，蒂妮珂也一样，但我们还是决定站在原地等一下其他人，大家一起就更不用害怕鞭炮了。

我们一到市政厅，就看见派特亚，还有文森特和劳林，他们俩也来了。

派特亚和文森特拿着手电筒沿着广场和人行道之间的树丛一边走一边照来照去。

"天啊！"派特亚说，"你们是去了一趟外国吗？这么久才来！"

然后他告诉我们是怎么回事：之前他遇到了班上叫鲁本的同学，哭得正伤心，派特亚问他怎么了，鲁本就说刚在市政厅把他

的豚鼠放走。我们听得好兴奋。

"市政厅？"悠儿问，"他是想让它去当市长吗？"

我真不觉得有什么好笑，派特亚也问她是不是脑子有问题。他说这只豚鼠是鲁本从玛丽那换来的，那是玛丽的圣诞礼物，但她对豚鼠过敏。她和鲁本说，如果他给她一个芭比娃娃，就把豚鼠给他。她才六岁就过敏，真是倒霉，不过能得到芭比娃娃也很开心啦。

派特亚说，鲁本就偷偷拿了他妹妹的芭比娃娃，和玛丽换了豚鼠拿回家藏在床底下，但他妈妈打扫卫生时发现了。我真不明白怎么总是这样，妈妈们打扫太多就会发生不好的事情。有一次，

一只小鸟撞在我们家窗玻璃上死了，因为那天妈妈刚擦过窗户，擦得太干净，就像没有玻璃一样。我觉得妈妈们不应该那么经常地打扫卫生、擦窗户，就不会发生这么多让人伤心的事。她们有时间可以烤点儿好吃的蛋糕啊。

鲁本的妈妈说家里不准养小动物，如果鲁本不马上把它还回去，她就把它杀了。

"她就是吓唬他而已！"我喊道。一个妈妈绝不会杀宠物，每个人都知道。不过鲁本不知道他妈妈说的是真的还是假的，又不能把豚鼠还回去，因为玛丽过敏，于是就把它放到市政厅广场上的树丛里，觉得也许它能自己在那里找到吃的。那里总是有很

57

多松鼠，也没人喂，但还是会来。

"豚鼠又不是松鼠！"蒂妮珂喊道，"豚鼠吃的东西和松鼠吃的完全不一样！"

派特亚问到底是要讲一节自然课还是要去救那只豚鼠——当然是救豚鼠啦。

我们一共七个人，可以分头在广场上找，把整个广场都覆盖，可惜只有两个手电筒，好在还有路灯，所以也不是特别黑。

"过来，小豚鼠，过来过来！"我用最可爱的声音呼唤着。不过很小声，我们可不想让某个大人听见，"我有好吃的哦！"这是瞎说啦，我从家里走的时候根本不知道要去抓豚鼠，不过豚鼠可不知道我在撒谎。

突然，弗丽茨大叫一声："找到啦！我看见了！救命啊，妈妈，救命！"弗丽茨有时真是大惊小怪，蒂妮珂也这么觉得。

我们都飞快地跑到弗丽茨那边。那只豚鼠一动不动地坐在灌木丛下面，看起来十分惊恐。它就是我一直想要的那种！简直不敢相信！白白的，有黑色、褐色的斑点，脸上还有毛茸茸的一圈（不过给我别的样子的豚鼠我也会要啦）。我就知道是一只小花鼠，不禁兴奋起来。虽然圣诞节已经过去，但这只豚鼠也许就是老天爷要给我的礼物，不然怎么会正好就是我最喜欢的那种。

派特亚对弗丽茨说："别叫那么大声！你要把它吓死啦！"

然后闪电一般跑到树丛前，趴在地上，两只手伸进树丛里去抓，但那豚鼠飞快地跑开了。如果不是亲眼看见，我绝不会相信这么一只小小的豚鼠能跑那么快！派特亚根本不可能抓住它。

它一直待在树丛里，幸亏还能看见。

文森特说："要绕到边上去从后面吓它，这样它一慌就会往前跑，跑到我们这里，这叫策略，捉动物的时候都这么做。"文森特读书很多，所以什么事情都知道。

"这主意不错。"派特亚说着就要绕到树丛后面去，但我们突然听到一阵嚷嚷，是之前玩冲天炮的那些小青年，他们花了好久才走到市政厅广场，因为要时不时停下点炮。也许现在他们的冲天炮没一千个了，但剩下的也不少。他们特别大声地打闹，放炮的声音更是震耳欲聋。我真是不明白，为什么男生长大了总要这么讨厌，他们应该更讲理才对啊。妈妈总说长大了就慢慢懂事了，可惜这几个没懂。

"哦嘞，哦嘞哦嘞，哦嘞！"他们大声唱着，然后又是巨大的一声炮响。

这时我们发现文森特说的没错，派特亚都不用悄悄绕到后面去。

悠儿大喊："小心！它过来啦！"豚鼠听到那一声可怕的巨响，吓了一跳，穿过树丛径直朝我们冲过来。幸好派特亚还蹲在地上，一下就把它抓住了。我真的有点为我哥哥骄傲。

文森特说："厉害啊，哥们儿！你以后可以专门去抓动物了。"

派特亚把豚鼠放在手上，我们都能看见它害怕得胡子一直抖。

我小声说："哎呀！快看，它多害怕啊！"

派特亚说："放在我这里比较好，这世界上我最会养豚鼠。"可惜豚鼠不信他，还是一直发抖。

我们都上去十分小心地抚摸它。

文森特问："现在呢？我们要拿它怎么办？"

是啊，这才是真正的问题。

8

把兰比藏起来

有新年聚会我真的很开心，但如果只是平常的一天也许更好，那爸爸妈妈就不会一直在厨房里忙来忙去，也不会到处都是大人，藏豚鼠就容易多啦。

我们在回家的路上商量了一下，只能把豚鼠藏起来，不然养不了它。

文森特说肯定不能带回他家给他妈妈看到，他妈妈肯定不答应，会说家里养宠物臭死了。（我觉得他妈妈会文雅地说"气味不好"，不会直接说"臭死了"。）

蒂妮珂已经有小黑绒和小白绒，她爸妈肯定不会让她再养一只宠物。再说我也觉得让她养不公平，那样她就有三只宠物，而我一只都没有，这样可不好。

弗丽茨和悠儿一副若有所思的样子，悠儿说回家问问爸妈，可能会让她们养。我觉得也是，她们的爸爸总是那么好。

这时派特亚说，不行不行，谁都别想，兰博是他抓住的，而且要不是因为他，我们根本都不会知道这回事，所以现在兰博应该归他养。

文森特问："兰博？"

派特亚说就是这豚鼠啊，刚才和他面对面打斗，可勇猛了。

我觉得爸爸妈妈也许会答应让他养，但名字再好听点儿就好了。不过最重要的是弗丽茨和悠儿拿不到，现在这豚鼠是我们家的，叫什么名字随便啦。

派特亚说最好别今天问爸妈能不能把兰博留下，今天他们要想的事太多，因为要庆祝新年。我们先把豚鼠藏起来，等有合适的机会再问。

文森特说："藏在车库里吧！"真是个好主意。

我们的车库里有个架子，放着爸爸的工具，墙上也挂着园艺用具，不想放进地下室的东西都放在车库里。我们打算把兰博藏在弗丽茨的玩具箱里，这样不容易被怀疑。悠儿说，他们走进车库，看到弗丽茨的玩具箱只会想：哦，弗丽茨的玩具箱。不会想到里面其实装着一只豚鼠。

蒂妮珂从她家车库里拿了些麦秆，她存着给小黑绒和小白绒用

的，还拿了一点儿稻草。我们把这些在玩具箱里铺好，这样豚鼠就不会冷。

文森特说豚鼠是南美洲的动物，生活在很高很高的安第斯山里，那里的夜晚有时很冷，所以豚鼠也能忍受低温，我们的新豚鼠百分之百不会被冻死在车库里。

我对派特亚说："但它孤零零的，会害怕吧！那里那么黑！你想想，有人把你藏在玩具箱里，放在车库，你也会害怕吧！"

派特亚说我真丢人："谁不敢啊！"

弗丽茨说："玩具箱里根本装不下派特亚！"

他们都傻了吗？

悠儿说："我们可以时不时偷偷去看看兰博，它就不会那么孤单了。"我觉得这是个好主意。

"现在我们发誓,兰博的事永远保密,永远不告诉任何人它藏在哪里!"派特亚一边说一边伸出三根手指。

劳林大声说:"让它做我们大家的豚鼠吧!"派特亚问他是不是傻了。文森特指挥,我们都伸出三根手指(顺便说一下,是大拇指、食指和中指)齐声说:"我发誓!"感觉很神圣,就连弗丽茨和劳林也都做对了手势。

派特亚说:"就算别人吓唬我们,也不能说,尤其不能告诉大人!"我想,爸爸妈妈才不会吓唬我们,但我还是说好。

派特亚说:"发了誓就要遵守!谁说出去就要受到严惩。"

我们又发了一遍誓以防万一。我觉得真是可怕,其实就算没有严惩我也不会把秘密说出去。

我小声说:"再见啦,小兰比!回头再来看你!"我觉得"兰比"听起来像"斑比",小鹿斑比也很可爱。我突然觉得很开心,就对蒂妮珂说生活有时候真是很奇妙。

蒂妮珂问:"怎么奇妙啊?"她可能有一点点嫉妒吧,因为现在我有一只豚鼠而她没有,但她有两只小兔子啊,都归她一个人。我说,如果玛丽不过敏,那鲁本就不会和她换;如果鲁本妈妈没说那么狠的话,那鲁本也不会把兰比在市政厅放走;如果他没放走兰比,那就不会遇见派特亚;如果派特亚没遇见他,那我们也不会去找兰比,我现在就不会有豚鼠。也许老天爷把豚鼠送给过敏的玛丽做圣诞礼物就是为了让我得到一只豚鼠！因为爸爸妈妈永远不会买一只给我。

蒂妮珂说："不是老天爷给她的，是她爸妈给她的！"

弗丽茨说不是，是圣诞老人给她的，玛丽的爸妈不会给她，他们肯定知道玛丽过敏。

我说反正最后一切都是为了让我得到一只宠物。

蒂妮珂说："不是一只，最多半只，你和派特亚一人一半！你爸妈不让养的话还得藏起来……"

我说："他们肯定让！"我很确信，老天爷不会这样前后不一，先给我和派特亚一只豚鼠（也可以算茅斯一份吧），又让爸爸妈妈不准我们养！那想得也太不周到了，石特林老师说老天爷可不蠢。

回到家里，爸爸妈妈已经换上了最好的节日服装。妈妈最漂亮的那件黑礼服拉链拉不上，只好换一件。她说要么新年就买新的，要么就减肥。派特亚说那还不简单，减肥呗，减肥更省钱。

妈妈狠狠瞪了他一眼，问："你们跑哪里去了？怎么这么久？"

这可不能告诉她。

茅斯当然早就不在卧室窗前监视外面了。

我责怪他说："哎呀，茅斯，你不能就这么离开岗位啊！那坏人就能偷偷溜进来啦！"

其实他坐不坐在那里都没关系，根本就没有坏人要溜进来，但我觉得必须和茅斯这么说，不然下次他也不会待在卧室里，而是要跟着我们。他还小，什么都告诉爸爸妈妈，还不懂秘密永远都是秘密，就算被人吓唬也不能说。

这时爸爸拿起装着蘑菇沙拉的大碗，妈妈拿上青麦饼，我拿上肉饼，我们终于要去弗丽茨和悠儿家的地下室了。

新 年 晚 会

真是一个非常愉快的新年夜！悠儿和弗丽茨的爸爸挂上了许多彩带，就算一个上面写着"生日快乐"，另一个上面写着"热烈欢迎"也没有关系。

文森特说："也对啊！过生日的时候说生日快乐，现在就是新的一年要出生了。"

弗丽茨说："别人来的时候说热烈欢迎，现在就是新的一年要来啦！而且欢迎大家来，也说得通。"

他俩是不是很机灵？不过我还是不觉得有多好。这些彩带是我们家地下室生日聚会用品箱里的东西（里面还有生日小火车和蜡烛花环），我早知道它们是什么样，新东西总感觉更好，也更让人高兴。

因为没有足够的凳子给十七个人，我们就先站着吃了点儿东西，看起来和电视上的聚会一样。派特亚和文森特酷酷地靠在吧台上喝着橙子汽水（可乐要等到零点倒计时时才能喝），还用嘴叼着吸管，像叼着香烟一样。

"来一根吗？"派特亚一边说一边把装吸管的罐子递给悠儿，好像那是一包烟，"还是说你不吸？"

悠儿白了他一眼说："我觉得你们还是赶紧戒了吧，有害健康，傻瓜！"

　　克里菲尔德奶奶做的土豆沙拉我吃了很多，正想着还能不能吃得下一碟她做的巧克力布丁，悠儿和弗丽茨的爸爸就把音乐的音量调高了，一边拍手一边喊："跳舞吧！来吧来吧！"然后就搂着我妈妈开始跳舞。

　　我真的有些吃惊，本以为悠儿和弗丽茨的爸爸肯定会和他自己的老婆跳舞，他不会是爱上妈妈了吧？不过我看他们俩并没有眉来眼去，只是很开心。爸爸也不介意，倒向我鞠了一躬说："可以请舞会上最美丽的小姐跳第一支舞吗？"

　　我当然说好。爸爸真好，说我是最美丽的小姐。说得也没错吧，不过我可没和蒂妮珂说。

　　大家都跳起舞来，包括克里菲尔德爷爷奶奶。克里菲尔德爷爷邀请我跳舞，还很老派地带着我在房间里转圈，说这叫华尔兹，可惜老撞到别人。

"唉，要跳好华尔兹，这里地方可不够，只能放弃咯！"克里菲尔德爷爷一边说一边把我领到座位上（真正的舞会上先生们都这么做），还亲了我的手！不过我觉得他可能只是太累了，跳舞对老年人来说可不容易。

文森特和劳林的妈妈一直坐在角落里，拄着拐杖没法儿跳舞，不过看起来还是很开心。我端了一杯起泡酒给她，她很高兴。

蒂妮珂突然从背后拍了一下我肩膀，一句话也没说，不过我知道她想干什么。

我们悄悄上楼梯跑到外面，连外衣都没穿，只想快速看一下兰比。派特亚没锁车库，我们拉开门，打开灯，小兰比正静静地坐在玩具箱里，胡子也不抖了。我怕它饿了，就放了一些胡萝卜条和小黄瓜条进去，妈妈总是切这些给我们吃。它看见有吃的也高兴起来，也许已经饿坏了吧，先在鲁本的床下，后来又在市政厅广场，这么长时间都没吃东西。

我们回来的时候，悠儿和弗丽茨的爸爸正把大大的工作台展开（过节的时候摆出这又脏又旧满是污渍的桌子真不好看，但他说接下来需要一张大桌子，所以工作台很合适），然后又把一个装满水的碗放在上面，还拿了一根蜡烛。我知道他要干什么了，就喊："熔铅占卜！"我猜对了。

熔铅占卜是怎么回事呢？首先，把一小块铅放在旧得用不成的勺子里（可以买一盒一盒的小铅块，还配有勺子，但在我们家，妈妈总把去年用过的铅收起来第二年再用，这样更省钱，效果也一样），然后拿到烛火上烧，原来硬硬的铅块就会突然变成亮闪闪的液体。是不是很神奇？其实只是熔化了，不过像铅那么硬的东西也会熔化，真是很难让人相信。

然后把铅投入水中，"嗞"的一声冒出一阵水汽，还挺吓人，铅就又凝固了。把铅从水里捞出来，看看像一条蛇、一本书、一片羽毛还是别的什么东西，代表来年会发财、会远行、会找到心上人等等，真让人兴奋。

悠儿和弗丽茨的爸爸说我们小孩子先来，但一定要小心，被铅烫到就不好玩了，其实我们本来就知道要小心。

　　派特亚自然又要第一个来，他说这些事都应该按照年龄顺序。（如果这样，那应该克里菲尔德爷爷第一个。）他神秘兮兮的，还念念有词，好像在念咒语一样，然后"哈"的一声把刚熔化的铅一下都投进水里。捞上来以后看起来像一个小小的弯弯的勺子。

　　蒂妮珂说："这代表明年我们的饭都得你来做！派特亚要当厨子啦！"

　　文森特说："不，这只代表他和以前一样好吃！"

　　派特亚气呼呼地嚷嚷："胡说！"

在我们家，我们总是自己定义什么东西代表什么含义，不过悠儿和弗丽茨家有一本小册子，里面有解释。悠儿拿过那本书念道："勺子，代表人们会议论你！嗯，没错，议论你多么差劲儿！"

"拿过来！"派特亚一把夺过那本书，翻了几下，"那不是小勺子，是一把小刀！你看，含义是：你会成功！"说完很得意的样子。

劳林说："这刀真差，都弯了！"但派特亚装作没听见。

之后轮到悠儿，她做出了一朵花（代表会有新朋友）。文森特一开始说他做出的是一个拳头，但那代表"你会被打倒"，所以他又改成蛋糕，代表"聚会来临"。

然后就轮到我了，我心里很激动。

我做的很容易看出来是什么。茅斯大喊："飞机！塔拉要坐飞机去看外婆啦！"

说得像真的一样，外婆那里连机场都没有呢！

派特亚说："不不不！我们还是看看书上怎么说的吧。"

他在书里找到，飞机根本不代表旅行，而是"公开赛勇夺第一"。我还是很高兴，虽然都不知道"公开赛"是什么，但"勇夺第一"听起来很不错。也许我会在新一年夏日嘉年华上赢得滚垃圾桶比赛的第一吧，或是类似的事情。

蒂妮珂做出了一只青蛙，她妈妈说她很可能会在新的一年里嫁给一位王子，可惜其实代表会赢很多钱。

后来我就没什么兴趣了，所以也不知道弗丽茨、劳林、茅斯做出了什么。茅斯熔化铅的时候爸爸要看着他，他有点儿不高兴，嘟嘟囔囔。爸爸说等他上学了就可以像大人们一样自己做。

其实我不是真的完全信，只有一点点相信。（后来的事情是，派特亚确实好吃，悠儿真的在新学校交到了新朋友，文森特有时也会很低落，不过每个人都有不开心的时候。）

我一直想着要去看兰比，不过轮到克里菲尔德爷爷的时候我还是看了一下。

他很紧张，说已经很多年没做过熔铅占卜了，而且他这个岁数，万一测出什么不好的多不吉利。

"一辆自行车！"克里菲尔德奶奶一看到就喊了出来，"你做的是个自行车！你看吧，我总说我们应该多运动！后天我们就去买两辆！"

克里菲尔德爷爷看起来很开心，不过茅斯又乱说话，他说："克里菲尔德爷爷，这是个眼镜啊，才不是自行车呢！意思是你老得都看不清东西了！"

看起来还真的有点儿像眼镜，克里菲尔德爷爷一脸失望。

不过我马上去书里查了查，眼镜并不表示老得看不清。

"眼镜代表会长寿，克里菲尔德爷爷！"我大声说，"很好的含义啊！"

克里菲尔德奶奶说，对，他会活很久，因为从现在开始会一直骑自行车锻炼身体，保持健康。

也许两个意思都有吧，既是自行车又是眼镜。

然后蒂妮珂和我又很快地去看了看兰比，它安安静静地待在车库里，黄瓜条几乎都被它吃完了，胡萝卜条没怎么吃，也许它不喜欢。

我用食指摸了摸它两耳之间的地方，毛软软的，它也很享受，不过我还不想把它放在手上，怕它又会害怕。

大人们都没注意到我和蒂妮珂一会儿不见了，一会儿又不见了，是不是很奇怪？也许他们以为我们只是去外面放鞭炮，我和蒂妮珂有好多鞭炮呢！妈妈说只要不一次都点着就没什么危险，我和蒂妮珂才不会一次都点着，我们小心地把一挂鞭炮分成一个一个，这样就有上千个小鞭炮啦，声音小也没关系，可以放好久。

我们正从车库跑回弗丽茨和悠儿家，一辆出租车停在了瓦赞家门口（瓦赞家很有钱，可以打车），司机从后备厢里拿出两个箱子，瓦赞叔叔把钱给了他。

瓦赞阿姨已经走到家门口，发现了我和蒂妮珂，居然和我们打了招呼！

"啊，你们好，萨拉和弗莱茨！（她一直记不住我们叫什么，不过和我们打招呼就很好了）节过得好吗？"

我就告诉她所有人都去弗丽茨和悠儿家的地下室一起庆祝新

年。我注意到她露出了一丝不开心（他们家门口的灯亮着，所以我能看见）。

也许她觉得我们一起玩儿不叫她，其实根本不是，我们只是以为新年前夜他们回不来，还在豪华游轮上。

我赶紧说："您也可以一起来啊，瓦赞阿姨！"一切都那么美好，我可不想有人不开心。

瓦赞阿姨说："不用了，谢谢！这会儿去不好吧，而且我们刚回来也累得很。"

我不信她说的话，肯定只是借口。

我们一回到地下室，我就把这事告诉了大人们，弗丽茨和悠儿的爸爸马上跑去打电话。他说："不管瓦赞来了是好是坏，总要给人一个机会。"我觉得说得对。

火车舞和羞羞舞

我、蒂妮珂、弗丽茨开始收拾脏盘子、鸡骨头、吃剩的菜饼、用来配土豆沙拉的蛋黄酱还有用过的餐巾纸。这些东西跳舞的时候很容易碰到，如果撒在地上或地毯就糟了，而且我们也很乐意收拾，好像真是饭馆里的服务员一样。

弗丽茨和悠儿的妈妈说："啊，你们能帮忙真是太好了！女孩子就是靠得住！"说着向男孩子那边瞥了一眼，他们还靠在吧台上，叼着吸管假装是香烟，悠儿居然也和他们站在一起（不过她没有叼吸管）。

我们往洗碗机里放盘子，但一次放不下，我就说分三次洗好了，有的是时间，反正聚会也没定几点结束。

弗丽茨知道怎么用洗碗机（毕竟是她家的厨房），然后我们每个人又拿了一块抹布，喷上洗洁精，想把地下室的桌子、吧台以及所有地方擦得干干净净，就像真正的服务员一样。

这时门铃忽然响了，你猜谁站在门口？瓦赞夫妇！

瓦赞阿姨说："你好，萨拉！新年小酒会我们还是可以来看看嘛。"

瓦赞叔叔提着一个篮子，里面有一瓶起泡酒。我觉得这样做也对，毕竟我们都为聚会贡献了东西。一瓶起泡酒有点儿少，瓦赞家那么有钱，打得起出租车，能在栅栏上放小金球，还能给花园铺草皮。

瓦赞夫妇走下地下室的楼梯，悠儿和弗丽茨的爸爸说："你们好，你们好！随便坐，随便坐！"（蒂妮珂、弗丽茨和我也刚下来，我们要擦桌子。）他把克里菲尔德奶奶晾在一边（他刚才在和她跳舞），去和瓦赞叔叔握手："据我所知，您是做保险的，对不对？"

瓦赞阿姨看起来有点尴尬，说带了瓶起泡酒来，然后从篮子里拿出那瓶酒。

悠儿和弗丽茨的爸爸喊道："哇，香槟！天啊，瓦赞，今天您可是破费了啊！"

香槟也是一种起泡酒，后来妈妈告诉我香槟比其他起泡酒贵多了，只产自法国，所以在海鸥街我们不喝香槟，大人们也不喝。不过我觉得就一瓶还是有点儿小气（到零点倒数的时候每个大人也只分到了一小口）。

然后悠儿和弗丽茨的爸爸说，我们来跳"火车舞"吧。真的很好玩儿，大家排成一排，每个人把手放在前面一个人的肩上，伴着欢快的音乐在屋里走。悠儿和弗丽茨的爸爸排第一个，一直大声唱着歌。我们上楼梯走到一楼，然后又走到二楼。这时就有点儿挤，因为有些人在上楼梯，有些人要下楼梯，推来推去的有些吓人，结果队伍散了，大家都笑了，又走回地下室。爸爸说要玩这个需要很大的地方。

之后我们还玩了好几种游戏。我真不知道原来大人也可以这么傻乎乎！我最喜欢的是里面围一圈，外面围一圈（我就在外面这圈），一圈随着音乐朝一个方向转，另一圈朝相反方向转。每次都对着不一样的人，要按歌里唱的互相撞，比如歌里唱"碰头，碰头，碰头！"，那你就要和你对面的人碰一下额头（轻轻地碰，不然会撞出一个大包）。还有"碰手，碰手，碰手！"，还有一次唱"碰肚子，碰肚子，碰肚子！"，我觉得有点滑稽，幸亏和妈妈一组，不用不好意思。然后歌又开始，我们又要走起来。

文森特和劳林的妈妈一直拿着拐杖坐在角落里，我想她现在可能庆幸自己扭伤了脚吧，碰肚子之类的事情她肯定不想做。

歌曲还剩下最后一段的时候，内圈对着我的人变成了文森特，我有点担心歌里会唱什么。"碰胳膊肘"我还觉得没什么，但"碰鼻子，碰鼻子，碰鼻子！"或者"碰嘴巴，碰嘴巴，碰嘴巴！"当然不行，因为大家都说我要和文森特结婚，所以会有些不好意思，文森特也

这么觉得，我能看出来。

结果歌里唱："碰屁股，碰屁股，碰屁股！"真是无奈，没想到歌里会唱这个。

悠儿和弗丽茨的爸爸一本正经地跟着大声唱，蒂妮珂的爸爸也是。大人们都转身背对背，真的撞了屁股！就连瓦赞阿姨也是，她和克里菲尔德爷爷一组，不过她只是轻轻碰了一下。

我看看文森特，文森特看看我，我们就装作没听见一样，反正一会儿就过去了，又会开始唱别的。

但派特亚看见我们没做动作，大喊："哎，这可不行啊！文森特，

你这样可不行！"不过音乐声很大，别人听不清他说什么，还好还好。

（派特亚碰屁股时和茅斯一组，要是我和茅斯一组我也会碰，这又没什么难为情的。）

歌曲快结束的时候，悠儿和弗丽茨的爸爸突然把音乐关了，大声说："还有十五分钟就十二点啦！我们都赶紧拿上外套吧！"

我们就照做了，因为要去外面倒数迎新年，看烟花、放烟花。

悠儿拿了一个篮子装了一瓶酒带到外面，大人们也都拿上了他们的杯子。烟花是各家自己买的，一起放就显得很多。

妈妈觉得新年前夜要在空中烧掉这么多钱真是浪费，用这钱可以做许多有意义的事情，比如帮助穷人。所以我们家每次都只买很少的烟花，就一包"家庭装"，里面有好几种，而且只拿小包的。

我觉得空中烧钱还是要烧一点儿，烟花看起来那么美，让人感觉很幸福，而且新年来了啊，也不耽误帮助穷人。

派特亚和文森特一起买了炮仗，还好他们在很远的地方点了一支，也许怕妈妈说太危险。我只庆幸他们没在旁边点，我不喜欢那"砰砰砰"的声音。

茅斯一到我们家门口就朝我脚下扔摔炮，还"啪！啪！"地叫。摔炮的声音本来就小，都听不到了，不过我还是每次都装作被吓到的样子，上蹿下跳，茅斯就喊："哈哈，塔拉害怕！胆小鬼，胆小鬼！"

我觉得陪他玩够了，就问爸爸我能不能从我们的家庭小套装里也拿点什么出来放，但爸爸皱起眉头，把手指放在嘴巴上，指了指别的大人。他们突然都一动不动地站着，好像在玩"一二三，木头人"，举着杯子好像在等人喊，"各就各位，预备，跑！"

他们肯定不是在等这个。悠儿和弗丽茨的爸爸看着表喊："……十一！十！九！八！……"还跟着节奏点头。我突然明白了，也和他们一起喊起来，蒂妮珂、弗丽茨、悠儿和男生们也一起喊着。倒数到"三"的时候，大家都加入了，包括瓦赞夫妇。数到"一"的时候大家都很大声，连教堂的钟声都快听不到了。钟声庄

严地响起，我就知道新的一年来到了，一切又从头开始，就像生日一样。

数完后派特亚说，骗人，他还以为倒数是要发射火箭呢，结果只是新年（当然是在瞎扯，他知道海鸥街根本没有火箭发射台）。

文森特说："说不定某个地方就发射了火箭啊，傻！"

就是啊。

弗丽茨和悠儿的爸爸说："新年快乐！"然后和爸爸妈妈以及所有人碰了杯。大人们都互相碰杯喊着："新年快乐！"估计碰了一千次。

妈妈走过来抱住我轻声说："新年快乐，我的小塔拉！祝你新的一年和去年一样好！"（可惜我没拿可乐，不过不碰杯也可以互祝"新年快乐"。）

然后她又走向派特亚和茅斯，其他大人也都走到他们的孩子身边，所有人都一直大声喊着："新年快乐！"教堂的钟声又听不见了。悠儿终于给我们拿来了可乐，给每人倒了一杯，抱怨说："什么事都要等着我来！"我觉得新的一年可不能从抱怨开始，也不知道为什么最近悠儿有时候都快和派特亚一样讨厌了。

派特亚接过悠儿递给他的杯子大声说："咦，这是什么东西？起泡酒都变成褐色了！坏了吧！"

茅斯也马上叫道："咦，起泡酒坏掉啦！"然后哈哈大笑。

我们孩子们也互相碰杯，我先和蒂妮珂碰了杯，毕竟她是我最好的朋友。我说："新年快乐，蒂妮珂！祝你新的一年和去年一样好！"（刚才妈妈和我说的。）蒂妮珂也说："新年快乐！"

我们刚准备喝可乐，我又想到了一些话，就说："祝我们在新的一年里依然是最好的朋友，直到永远！"蒂妮珂也说："直到永远！"显得特别认真。然后我们终于喝了可乐，我真的觉得可乐比所有其他饮料都好喝，只可惜不健康。

我们又和弗丽茨、悠儿碰了杯，还和男生们碰了杯，但我没说美好又特别的祝福，如果说了男生们肯定又要笑我，拿我取乐，至

少派特亚肯定会，不过就算我没说他还是拿我取乐。

我和文森特碰杯的时候（必须得和他碰杯啊），派特亚突然喊：
"碰屁股，碰屁股！赶紧碰屁股！"

劳林也嚷嚷："亲一个！亲一个！"

我真恨不得死了，或者一拳把他们俩打倒。

文森特酷酷地白了他俩一眼，好像他们完全就是不懂事的小孩儿，说："小屁孩儿！变质可乐喝多了！"

听完我就不再觉得那么难为情了。

11

兰比暴露了

终于可以放烟花了。我们家有好几种："火山""太阳""金雨""银雨"，还有"小蜜蜂"，但我最喜欢的还是"火鸟"，嗖的一声飞出去，嗡嗡响，迸发出五彩斑斓的火花，漂亮又好玩儿。

我得和派特亚、茅斯分享"家庭装"里的东西，不过派特亚已经和文森特一起放了傻兮兮的鞭炮，茅斯有"金雨""银雨"就满足了。

海鸥街还在建设中，所以没有很多人住在这里，也就没有很多烟花，但能在天上看到这一带所有的烟花，也很棒。

悠儿和弗丽茨的爸爸突然说需要一个空瓶子来放冲天炮，他买了整个德国北部最厉害的冲天炮，然后就去了车库前的空地，我们也都好奇地跟着去了。

　　弗丽茨和悠儿的爸爸是我们之中唯一买了冲天炮的。克里菲尔德爷爷奶奶已经上了岁数，瓦赞一家根本都不想庆祝，妈妈觉得烟花都是白花钱，文森特和劳林的妈妈显然也不喜欢烟花，蒂妮珂的爸爸买了五个大的"太阳圈"，就不能再买冲天炮了。

　　弗丽茨和悠儿的爸爸把香槟瓶子摆在车库前的空地上，放进第一支冲天炮，喊道："后退！要发射了！"然后划着一根火柴，蹲下来准备点燃引线。

　　这时我突然想起一件事，赶紧大喊："停！先别点！"

　　小兰比还在车库里呢，这砰的一声肯定会把它吓坏！在市政厅那里都看到过它特别害怕爆炸声，现在悠儿和弗丽茨的爸爸在车库

门口放冲天炮，兰比肯定会被吓出心脏病！

"先别点！里面有人！"

"啊？"悠儿和弗丽茨的爸爸问，手里的火柴灭了，"什么里面有人？有谁？"

其他大人也都问："啊？"

我想现在只能坦白小豚鼠的事情了，坦白总比担心或者吓死小兰比好吧。

"我们抓了一只豚鼠！"

突然就没有人再关心悠儿和弗丽茨的爸爸的冲天炮，所有大人都大声说："啊？怎么回事？那我们可要看看！"他们都去看，兰比在箱子里显得很惊慌，胡子又在抖。

妈妈叫道："天啊！我们的车库里居然有一只大老鼠！新年真是开了个好头！"

爸爸说："这代表我们今年会交好运！"

不过妈妈没有笑，看起来还很生气。我、蒂妮珂、弗丽茨、悠儿就把玛丽、鲁本，还有市政厅广场的事都说了出来（大家同时说，有点儿乱），

大人们喝着起泡酒，看着兰比，笑着摇头。我把兰比抱在怀中抚摸着，它摸上去又柔软，又暖和。这么小的动物被遗弃了一定要救，就算妈妈不理解也要救。

悠儿说完之后我说："必须得把它抓来养着！不然它会饿死在市政厅！"

蒂妮珂说："或者被车轧死！"

"被车轧了就永远死了！你不知道吗，妈妈？"茅斯带着责怪的语气喊道。

我拽着爸爸的袖子问："我们能把它留下吗？求你了，爸爸！求求你！"大部分时候爸爸比妈妈更好说话，我也不知道为什么，不过蒂妮珂说她爸爸也一样。

爸爸看了看兰比说："我想想！"

妈妈也看了看兰比说："我想想！"

我喊道："它可以住在院子里！就像小黑绒和小白绒一样，关在笼子里！求你了，爸爸！"

我满眼期待地看了看悠儿和弗丽茨的爸爸，希望他说很乐意帮我们做个笼子，但他没说话，我觉得他还在想着冲天炮。

爸爸一直看瓦赞夫妇，他们俩的脸色很奇怪。他们确实变好了，和我们一起庆祝新年，还带了香槟来，甚至一起"碰屁股"，但他们还是不喜欢左边邻居蒂妮珂家花园里小黑绒和小白绒的笼子，肯定不想右边邻居我们家再在院子里摆一个宠物笼子。

我正在想怎么办，克里菲尔德爷爷清了清嗓子说："我和我家领导倒不介意在花园里养只豚鼠。怎么样，老伴儿？只要它只是借住，不用我们管就行。"

我明白了，他的意思是豚鼠笼子可以放他家院子里，反正我们这些孩子也经常去。他是不是很好？克里菲尔德爷爷奶奶总是这么好心肠。

克里菲尔德奶奶看了看他，叹了口气说："只要别变成我们的豚鼠就行！我不想喂也不想打扫笼子，这要说清楚。"

我大声说："这些我都可以做，克里菲尔德奶奶！"

茅斯说："我也可以！"

派特亚忙着和文森特、劳林放鞭炮呢，没有表态。蒂妮珂说她也可以帮忙，她有养小黑绒和小白绒的经验，可以告诉我一些小窍门，不过我觉得不需要，谢谢了，我自己清楚得很。

克里菲尔德爷爷说："那我们在花园里租给你们一块地方放豚鼠笼子。老伴儿，你说呢？大家都同意吧？"

我不禁担心起来，我的零用钱根本不够付每个月豚鼠笼子的占地租金！

幸亏爸爸为我解围："租金我来付吧！谢谢您二位！"他一边说一边也像克里菲尔德奶奶那样叹了口气。

但克里菲尔德爷爷说不行，只能由我们这些孩子来付，因为租金就是我们要一直做乖孩子、好孩子，就像我们这一年来这样。

克里菲尔德爷爷伸出手问我："同意吗？一言为定！"

我和他击掌说好，这租金我付得起，一点儿不难，反正我本来就很乖，只希望派特亚和茅斯也能靠得住。

瓦赞夫妻俩看起来像是终于松了一口气。瓦赞叔叔说："好吧，那我看看还能不能再找一瓶香槟来！"

没人答话。后来妈妈和我说，之前那瓶香槟也没比普通的起泡酒好喝到哪儿去，所以瓦赞叔叔也不用觉得自己有多了不起，而且我觉得只带一小瓶酒来参加聚会也太小气了，他家地下室里其实还有好多酒呢。

悠儿和弗丽茨的爸爸在离车库很远的地方放了冲天炮，这样兰比就不会被吓到（我又把它放回了玩具箱里），男生们都跟着去了，还放了鞭炮，冲天炮嗖的一声飞到高空，炸开变成星星点点，像蒲公英一样，一闪一闪。

我想，新的一年真的开了个好头，希望一直都这么好。

我说了没有？大家都特别喜欢文森特和劳林的妈妈做的奶酪拼

盘，尽管没有高级的法国奶酪。这可是我、蒂妮珂、弗丽茨、悠儿帮她买的哟。

"你怎么这么清楚我的口味呢？为了雷达美奶酪我弄脏最后一件衬衣也无所谓了。"弗丽茨和悠儿的爸爸说着就拥抱了文森特和劳林的妈妈，她拄着拐杖差点儿摔倒。

爸爸说他为了艾蒙塔尔奶酪也可以弄脏最后一件衬衫，但还好，他没有去拥抱文森特和劳林的妈妈。

12

去消防队交圣诞树

过完新年很快就要开学，派特亚说快乐的时光就要结束了，但我觉得上学也很快乐，我班上的同学（几乎）都很好，我们的老师叫石特林，人很好，总是和我们一起做好玩儿的事，所以想到开学我甚至有点儿高兴，大家还可以聊聊圣诞节收到了什么礼物。

另外，每天回家小兰比都等着我。悠儿和弗丽茨的爸爸给它做了个笼子，放在克里菲尔德爷爷奶奶家院子的角落里，肥堆旁边。我们本想搞一个揭幕式，就像爸爸说的，海鸥街的人很爱搞活动，可惜那天下雨，克里菲尔德爷爷说夏天补上，我们又有事情值得期待啦。

不过新年之后的第二个星期六也是个特别的日子，要把圣诞树送到消防队。

圣诞树和蜡烛什么的可以一直留到一月六号。石特林老师说一月六号是圣诞假期的最后一天，也是三王节（幸好开学了，不然我也不会知道），就是东方三王来伯利恒的马厩向刚出生的耶稣赠送礼物的日子。他们六号才来真是有些晚，不过对我们倒是好事，因为可以把圣诞树一直留到六号。之后必须送走，让妈妈一直埋怨掉下太多松针。

在我们海鸥街（当然整个区也一样），处理不要的圣诞树有两种方法：第一种是三王节之后的工作日放在路边，由收垃圾的收走，不过这样不好玩儿；第二种是周六送到志愿消防队，由他们运到高速入口后面的空地上，复活节的时候用来烧篝火，这有趣多了。

派特亚一直让我们赶紧把圣诞树收拾好，别错过了日期（我觉得他也该帮忙收拾）。夏日嘉年华之后派特亚加入了少年消防队，他在训练中得了九分，获得了消防标兵的称号，自以为会成为一个很棒的消防员。我还得了十分呢，是"消防模范"，可惜消防队不收，要满十岁才行，不过我还没确定要不要加入。

派特亚说："我负责收圣诞树！去了还能试新的云梯，上面还有工作斗！错过肯定后悔！"

妈妈让派特亚别担心，我们肯定在星期六把树送过去，因为她在报纸上看到，那天不仅可以试爬带工作斗的新云梯，还有豆汤喝，这样就不用做饭了。她说："收垃圾的又不会给我们做豆汤！那当然选你的消防队！"

不过就算垃圾队做豆汤我也不想喝，觉得有点儿恶心。我和蒂妮珂说了，她说也觉得恶心，又说哪里的豆汤都不想喝，圣诞之前在那么多圣诞集市上都喝了豆汤，去买圣诞树的时候又喝了豆汤，真是喝够了，等她当新娘子的时候再喝吧。我从来都不知道原来结婚也要喝豆汤。

星期六一大早派特亚就起来了（他周末从来不早起），穿上少年消防队的衣服和靴子。

茅斯说："你穿的衣服不对，派特亚！你不是真正的消防员！"

派特亚说当然是，茅斯说的那种领带正装在得奖的时候才穿，工作的时候肯定穿不了，不然会汗如雨下，把衣服都弄脏了。

"今天要大干一场！"派特亚说着拍了拍自己的头盔，我不明白为什么他在我们的厨房里就要戴上头盔，肯定想炫耀炫耀，"你们女人和小孩儿不懂。"

妈妈说不想再听见"女人和小孩儿"之类的话，并说："我没搞错的话，你们少年消防队有一半以上都是女孩儿吧？真正消防队里开消防车的你知道是谁吗？"

就是那个女士，个子很高，我也认识。

派特亚戴上消防手套第一个出去了。我和爸爸把圣诞树抬到了大门口。

"塔拉！"弗丽茨喊我，她也正巧把圣诞树抬到门口，"我们十二点去，你们几点去啊？"

看来弗丽茨和悠儿她们家今天也不想做饭，就赶着有豆汤的时间去。

我说也十二点去，一起买的圣诞树一起送走，要赶紧告诉蒂妮珂一声。

蒂妮珂家三天前就收拾好圣诞树放在门口了，也想一起送走，可惜她妈妈不准她喝豆汤。

她说："为了午饭，我都在厨房里择了好几个小时菜了！"肯定又在美食节目上看到了什么新菜。我有点儿同情蒂妮珂，尽管她说结婚之前都不想再喝豆汤。

我们又到文森特和劳林家去通知他们，但他们没有圣诞树要送走，因为和爸爸一起过了圣诞节，不过还是要和我们一起去玩。

克里菲尔德爷爷奶奶也要一起去，还说希望能找几个好心的孩子帮他们抬圣诞树，这当然不成问题。

只有瓦赞家把圣诞树放到了路边，等着收垃圾的来收。

我们把圣诞树从客厅抬到门口之后，我还得把掉下的松针扫干净，简直想象不到有多少！地上都铺满了！我觉得圣诞树真不实用。

十二点我们一起出发，一共十四个人，其实只要送四棵树。文森特和劳林的妈妈没来（脚伤还没好，走路困难），瓦赞一家没来，蒂妮珂的妈妈也没来，还在做饭，除此之外海鸥街的人都来了。

弗丽茨和悠儿抬着她们的圣诞树，我和爸爸抬着我们的圣诞树，蒂妮珂和她爸爸抬着他们的圣诞树。

克里菲尔德爷爷问："有没有壮小伙儿来帮我们抬树啊？我和我家领导会非常感激。"

茅斯马上说他来，不过文森特和劳林抬起了树。

茅斯叫道："我也要抬！我也要抬！"

文森特说三个人换着抬，文森特和劳林先抬，然后文森特和茅斯抬，再然后劳林和茅斯抬，这样就公平了。我说我们家的圣诞树茅斯也可以帮着抬抬，这样他就有两棵树可以抬，于是他安静了下来。

　　消防队那里已经挤满了人。车库敞开着，但今天里面不是消防车，而是摆了一排桌子，垫着纸桌垫，消防员都站在桌子后面发豆汤。开消防车的那个高个子女士也在。

　　车库旁有一个拖车斗，少年消防队的队员把人们送来的圣诞树扔在里面。来送树的人排成一条长龙。有些人开车把树送来，我觉得这样很傻，会弄得后备厢里都是松针，而且开车对环境也不好。

　　"派特亚！"茅斯一边叫一边往前挤，"派特亚，是我们！把我们的也收了！"

　　派特亚站在拖车前收圣诞树，面前还摆着一个小罐子，人们可以给消防队捐款，罐子里已经装满了一欧元和两欧元的硬币。他看

起来特别认真。

"请排好队！"他凶巴巴地对茅斯说，"排好队一个一个来！"

他装作不认识茅斯一样！我觉得真是做作，不过排队当然也对，收圣诞树的是你哥哥也不能插队。爸爸给了我两欧元，准备放在罐子里，其他大人也给了他们的孩子两欧元，克里菲尔德奶奶给了文森特两欧元。

大人们还去车库看了看，取豆汤的人自然也排了好长好长的队。

我们交了圣诞树，捐了钱，然后去看有高高云梯和工作斗的新消防车。之前我还觉得不会对新消防车有多大兴趣，蒂妮珂说她也一样，那只是因为我们根本没见过新消防车的样子！

消防车很大很大，云梯也不像茅斯玩具车上的可爱小梯子，而是有一层楼甚至好几层楼那么高！站在一旁的消防员告诉我们，高楼起火的时候就用上啦，要灭火、要救人。

梯子上装着一个好玩儿的筐子，叫作工作斗，消防员从着火的房子里救人或是从树上救猫的时候就要用到。消防车的仪表板上有一个开关，可以控制工作斗的升降。

工作斗里站着一个消防员（真正的消防员，不是少年消防队的），孩子们可以上去体验。车里的消防员按一下开关，工作斗就在嗡嗡声中慢慢升起。

蒂妮珂问："我们也要上去吗？"这还用问？当然啊！

弗丽茨、悠儿、文森特、茅斯、劳林也都要玩。（派特亚是少年消防队的，经常有机会，而且也不能离开收圣诞树的岗位。）

我们就排起了队，男生们先上（消防员说会好好照看茅斯），之后是我们女生。

你坐着云梯的工作斗到过那么高的空中吗？我又兴奋又忐忑，都不知道是该高兴还是该害怕。不过蒂妮珂觉得比游乐场的摩天轮好，我也这么觉得。消防队就在我们这个区（摩天轮不在），从工作斗上可以俯瞰整个区，包括我们的学校、超市、教堂还有高速公路，甚至还能看见海鸥街。

蒂妮珂叫道："看啊，那是瓦赞阿姨！瓦赞阿姨！"

她正在阳台栏杆上晾被子呢！看起来特别小，当然听不见我们喊。我们等了一会儿，看蒂妮珂的妈妈会不会从屋里出来，但她一直都在厨房里忙着做新菜。

可惜不能在上面待太久，因为下面还有许多人排队等着。降下去的时候我想，派特亚真是给自己选了个不错的课外活动，灭火可能真比女子体操有意思，不过我可以两个都做，等我年龄够了就行，如果我想的话。

大人们已经开始在车库里喝豆汤，还给我们留了几碗，文森特和劳林也有。虽然他们的妈妈没来，他们也没有钱，但克里菲尔德爷爷说可不能让勤劳的小帮手饥肠辘辘地回家，替他们买了豆汤。

"我肚子也咕咕叫呢，克里菲尔德爷爷！"茅斯喊着就紧紧贴在克里菲尔德爷爷身上，但我根本没听见他肚子咕咕叫。

"确实！"克里菲尔德爷爷说（其实他总说上了年纪耳朵就背了，实在令人苦恼），"但另一个雇主已经给你买了一碗豆汤啦，小伙子。"他说的另一个雇主就是爸爸，因为茅斯也帮着抬了我们家的树。

爸爸给我也买了一碗豆汤，可惜凉了，结了一层膜，看起来有点儿恶心，不过香肠还挺好吃（不是圣诞市场上那种一整根的香肠，而是撒在汤里的小丁，要用勺子捞才能捞到）。

我对悠儿说了香肠的事，可惜她不能喝。圣诞之前悠儿决定吃素，圣诞市场上的豆汤她都没有配香肠，但这次她如果喝，很可能不小心吃到香肠丁！

但悠儿轻描淡写地说："一点点没事的！"说今天破例吃半素，不小心吃进去一点儿香肠也没关系，明天再吃全素。

她拿勺子舀时根本没注意不要舀到香肠，也许她慢慢就不喜欢吃素了。新年聚会上她还很快地吃了一块妈妈做的炸肉饼，我可看得清清楚楚，但她说以为是麦粒饼，因为看起来都一样。

蒂妮珂一直靠着旁边一个小圆桌，桌面很高，坐凳子上够不着，只能站着。这叫"高脚桌"。

她盯着我的盘子说："塔拉，我不喜欢喝豆汤了，但香肠应该

还喜欢，总不能什么都等到结婚吧。"

我就让她从我的汤里捞点香肠吃，对最好的朋友就该大方，蒂妮珂对我也一样。

文森特一直在外面倚着墙用勺子喝汤，眼里充满羡慕。我觉得他也想加入少年消防队，可惜他妈妈不准。

其他人都回家了，文森特还待在那里，看派特亚怎么收圣诞树。后来他说他也帮忙把树往拖车上装，就穿着普通的夹克！如果他妈妈准许他参加消防队就好了，那就有工作服穿。他那件夹克后来看起来都没有以前那么好看了。

情人节贺卡

接下来就是一段又长又无聊的时间。

不过我觉得也好，圣诞节前后已经有那么多激动人心的事情了，稍微暂停一下也对，蒂妮珂也说需要缓一缓。这段日子说是死水般平静也不全对，因为要发成绩单，这也很令人激动。

我对自己的成绩单很满意，石特林老师总给我那么好的评语，说我热爱集体、乐于助人、办事热心、团结友爱，妈妈看了也说有我这么棒的女儿很开心。

派特亚的成绩单就没那么好，爸爸妈妈认真地和他谈了一次，说他是个好小伙儿，只是在学校里也要表现好才行。我不确定派特亚是不是个好小伙儿，他有时好有时又不好。

成绩单总在一月底发，之后放假一天，叫作"休整日"，再上学的时候就快情人节啦!

妈妈说情人节不是什么特殊的节日,只是卖花的人发明出来的,为了在冬天也能把花卖出去,她小时候都没有情人节。我真为她可惜,不知道情人节多好玩儿! 和卖花一点儿关系也没有。

情人节是二月十四号,要送贺卡 (花和巧克力也行,但都很贵) 给自己喜欢的人,不见得是情人,蒂妮珂说又不会总有情人。贺卡可以署名也可以不署名,我觉得不署名更好,更让人兴奋,蒂妮珂也这么觉得。

情人节前一周,弗丽茨和悠儿来我家问我要不要去她们家一起做贺卡。她们的妈妈每周有三个下午要去面包房工作,我们可以用厨房里的大桌子,不碍事,蒂妮珂也去。

我从地下室里的手工用品箱里拿了彩纸和金银箔。悠儿给大家泡了一壶茶,叫作"冬日魔力",我们还加了苹果汁,让茶凉一点儿,喝起来也更可口。

悠儿建议先写下给谁做卡片,她在学校里学到"优化法",说这样做才对。

她神秘兮兮地用左胳膊挡着低头写,不让我们看见她写了谁。

我觉得这样有点儿做作,不过也神秘兮兮地低头写,还说谁偷看谁倒霉。蒂妮珂和弗丽茨也学起来。真好玩儿,很有神秘感,等我们学到"优化法"时,我肯定很开心。

一开始我想不到要给什么人做贺卡，蒂妮珂、弗丽茨和悠儿是当然要给的（所以她们不能偷看我写的！），班上的同学中至少要给卡罗琳、琪琪和麦可三个人送，此外还有派特亚和茅斯，文森特和劳林也送吧，虽然我知道别人看见我送贺卡给文森特可能又会笑话，所以搞得神秘一点儿也好。

弗丽茨突然大声说："还有克里菲尔德爷爷奶奶！"

悠儿说："小点儿声！"

不过我看见她在纸上写下了"克里菲尔德爷爷奶奶"，我也写了。

然后我突然想到，那也得送贺卡给别的邻居啊，万一他们听克里菲尔德爷爷奶奶说收到了贺卡而自己没有，就该伤心了，于是我就在纸上写下了所有大人的名字。

我问："瓦赞家也送吗？"心里拿不定主意。

悠儿说也送吧，看得出来他们很努力要变好，应该支持一下他们。

这样我就写了好多好多人，一个下午肯定做不完。

我们把所有材料摆在桌子中间，大家共用，选择更多。我说金银箔要省着用，很贵呢。

然后我们就开始了，真是很好玩儿！（蒂妮珂也许不觉得有多好玩儿，她不太喜欢做手工。）

情人节贺卡上要画爱心（贴一个当然也可以）或花朵、小熊等表达爱意、祝福的图案。做贺卡的时候不需要保密，反正还没写名字，但要写祝福语时，我这才发现自己都不太清楚情人节贺卡上应该写什么。

悠儿很了解，说情人节是美国的节日，所以贺卡上可以写英文，比如"Be my Valentine"（"做我的情人"）或者"I love you"（每个人都知道什么意思），我觉得用不用英语写都很难为情。

还可以写"情人节快乐"或者"衷心祝福你"，悠儿从网上找的。

我写完三张贺卡，突然又想到了更好的祝福语，是我自己想出来的哦！这样写的："情人节将这张贺卡打开，就能看到我对你的喜爱。"

是不是很棒？像诗一样，还押韵呢，真没想到自己这么会作诗。

我念出来的时候，蒂妮珂突然想到可以从字迹知道是谁送的，那就不神秘了。

说得对，我说可以稍微改改字迹。

悠儿说可以用电脑写然后打印出来贴在贺卡上，还很省事，只写一次就够了，可以打印十次。

蒂妮珂说："真棒！"（我就说过她不喜欢做手工，她也不喜欢认认真真写字。）悠儿和蒂妮珂就去地下室用电脑打了很多份"Be my Valentine"和"I love you"（也许还打了我想出来的那句），我和弗丽茨留在厨房里。

我很喜欢用钢笔、圆珠笔、彩笔或者别的笔写漂漂亮亮的字，看起来比打印的好一千倍，就算打印可以换颜色、加阴影、加各种效果，这些悠儿都会。

我们做啊做，我数了数之前写下的名字，又数了数做好的卡片（我渐渐有些累，这也难免），还是不够！但我的仙女表显示已经快六点了，得回家吃晚饭。

爸爸做了他自己发明的全肉沙拉，特别好吃，但妈妈说可惜特别不健康，因为特别长肉。

爸爸说偶尔放纵一下也没关系，我也这么觉得，就放开吃了（妈妈当然也吃了）。我还说了下午做贺卡的事，但没告诉他们我要送

108

给谁。

"真过时！"派特亚边说边把剩下的沙拉一气儿都涂到了他的面包上，"那么费劲儿干吗？寄个电子贺卡或者发个短信不就行了！"

我觉得还是真正的贺卡更好，可以拿在手中，收在漂亮的旧糖果盒里，电子贺卡和短信就不行。（另外我也没有手机，派特亚肯定又想炫耀他的手机才会说什么过时啊，短信啊，他要再这样说就不送他贺卡了。）

第二天早上第一节课之前，我们又围成一圈说做了什么，遇到了什么。安德烈说昨天足球队训练时一个叫盖约的扭伤了脚踝，吉萨说她外婆要从巴伐利亚来看她，我和蒂妮珂就说了做贺卡的事。

我以为石特林老师肯定会表扬我们，因为她也觉得做手工很好，但她只是若有所思地说："其实，情人节这件事……"我还以为她会和妈妈说一样的话，说只是卖花的编出来的，之前根本没有，不过她没那么说，而是说："我觉得有点儿不好。"有些人会收到许多贺卡，就很高兴，但也有人可能一张贺卡都收不到，就很

伤心，觉得没人喜欢自己，其实也许只是喜欢他的人没想起来写贺卡。

石特林老师说："要好好想一想怎么过，这也许是个机会，仔细想想自己真正喜欢的人是谁，之前可能没意识到。再想想，谁又会因为意外收到贺卡而格外开心。"

石特林老师一向如此，总想做好事让人高兴，我觉得老师就应该这样。

我马上想到玛加丽塔，课间休息总是没人想和她玩，因为她穿得奇怪，又害羞，别人说话时她一直看着脚。我想自己可能挺喜欢她，只是没意识到，下午就把她加到名单里去。我想她收到贺卡一定很高兴，贺卡上写着：情人节将这张贺卡打开，就能看到我对你的喜爱。

石特林老师说等我们都互写了贺卡，也许会有好事发生。（我觉得能想到送一张贺卡给玛加丽塔就已经是件好事。）

石特林老师又想到一个主意，问："我们再为非洲的贫困儿童组织一次捐款如何？"

她好爱非洲的贫困儿童，我们班已经为他们捐了好多钱，还做过"慈善跑"（一两句说不清楚），但我真不知道怎么借情人节为他们捐款。

不过石特林老师向我们解释得清清楚楚。

她说我们班肯定不是学校里唯一要互送贺卡的班级，其他班的孩子肯定也要送，要找人把贺卡送出去！我们班可以变成贺卡邮局。

石特林老师说："全校的孩子都把贺卡送到你们这里。我带一个旧枕套来，用来装贺卡。寄贺卡的人要在信封上写好收信人的名字和班级。情人节那天，你们把贺卡送到各个班去，像一个真正的邮差那样送到别人手里。"

我们都说这主意真好。阿德里安说我们需要更多袋子，有几个班就需要几个，一个班的放一个袋子，带到那个班上去，这样就不会弄错，真正的邮局也这么做。

克里斯蒂安喊："真正的邮局又不按班级分信！"阿德里安说对，但他们每一个邮政编码分一个袋子。我们又学到了新东西。阿德里安的爸爸就在邮局工作。

石特林老师说："每往邮袋里放一封信交五分钱，积少成多，你们就会挣很多钱，对不对？这些钱就捐给非洲的贫困儿童。"

我们都觉得这主意超级棒，我很乐意帮助非洲的贫困儿童，已经习惯了。

石特林老师和其他班的老师讲好，也和校长说过了，明天早上我们到各个班去说明我们的计划。

我们学校一共八个班，除了我们还有七个班。

我们班有三十人，那就每四人一组去一个班，说明送贺卡的事（这里用除法，我们早就学过啦，三十除以七，得四余二，因为四七二十八，但那天尼克拉斯和马尔文不凑巧病了，就正好除尽）。我、蒂妮珂、卡罗琳、琪琪去二年级（2）班，就是劳林和弗丽茨那个班。

我们站在他们班教室前面说送贺卡的事，劳林一刻都坐不住，一直指着我和蒂妮珂喊："我认识她们！我认识她们！"我感觉自己像个名人似的，有点儿自豪。可惜派特亚、文森特、悠儿不再来我们这个学校上学，不然我也很乐意去他们班上。

14

可能有人爱上我了

情人节那天，我醒得和生日那天一样早，很兴奋，不知道会收到谁的贺卡。不过我刷牙时忽然想到，要是一封也没有，那就惨了！蒂妮珂肯定会送我一张，因为我们是最好的朋友，但她也可能忘了！她的名单我又没看见。其他人也可能把我忘了！那情人节就变成灾难日了，石特林老师都说过。

我想象着坐在教室里，班上其他人都收到了许多贺卡，就我一张也没有，太丢人了吧！所以去厨房吃早饭的时候心情特别不好。

我正要坐下，妈妈就神秘兮兮地说："今天的信一早就来了！赶紧去信箱里看看。"

派特亚当然还在房间，不到最后一秒不会出来，不过音乐已经放得很大声。

茅斯喊着要去信箱拿信，因为他已经能够到。妈妈说好吧，那就去吧。不过他一个人还是不行，因为还够不到信箱上的钥匙孔，没法儿把钥匙插进去，我得把他举高一点儿，还不如我自己去呢！但妈妈说我一向那么爱护弟弟，是个好孩子，茅斯最小，照顾照顾他。妈妈说得也对，没人想一直当最小的那个。

信箱里有三封信，我早就猜到了，一封是给派特亚的，一封是给茅斯的，一封是给我的。我觉得肯定是爸爸妈妈寄的，不过也不能确定，都没署名，而且字写得奇奇怪怪，歪歪扭扭，没人这样写字，肯定是为了不让人猜出来是谁寄的。

我的贺卡上有一只小熊，塑料的圆眼睛摇一摇还会动，里面写着："情人节快乐！"这贺卡是买来的，肯定不便宜，爸爸妈妈真好，妈妈就算不喜欢情人节也给我买了贺卡。

我没看见派特亚的贺卡什么样（他还在床上躺着呢，没来拆），茅斯的贺卡上有一个笑脸火车头，喷出的烟雾里写着"呼，呼！"。其实是一套生日贺卡中的一张，妈妈在促销时买的，我记得。

打开贺卡，里面写着："衷心祝愿情人节快乐！"但原来写的是"生日"，有人贴了一张小字条，改成了"情人节"，是妈妈的字迹，不过茅斯当然看不出来。

"真棒！秘密人寄来的贺卡！"茅斯叫着跑进厨房。

我说："是神秘人！不是秘密人。"

茅斯说："你不懂！"又对妈妈说，"看啊，那个什么人给我

114

寄的！"

我也大声对妈妈说："谢谢妈妈！真好看！"

妈妈说："你说什么啊，我不明白。"她当然要假装不明白，要保密啊，不过她向我眨了下眼睛，我就知道猜对了。

派特亚终于从楼上冲了下来，一下撕开信封说："真棒，肯定是哪个女的爱上我了吧！"

其实只是爸爸妈妈送的。

他又说已经收到七条情人节表白短信了，但不想给我看，我就知道他肯定在吹牛，可能只收到了五条，或者才一条。

派特亚吃早饭时还一直在手机上打字，妈妈说如果他不把手机放下就没收一个星期。派特亚把手机留在厨房的桌子上去上学了，手机不能带去学校，情人节也不可以，派特亚很清楚。

我到班上时大家都很兴奋。我们已经把八个班的信装在了八个枕套里，现在要去各班送信。我、蒂妮珂、琪琪、卡罗琳去了劳林那个班，幸好他们班上几乎每个人都收到了一封信，不会有人伤心。

回到班上我还是很兴奋，又有点儿忐忑，因为还不知道有没有人给我写贺卡！

其实根本不用担心，我们班的信由克里斯廷来发，我有六封呢！有四封分别是蒂妮珂、卡罗琳、琪琪、麦可送的。那封用电脑打印祝福的自制贺卡，我一看就知道是蒂妮珂送的，另外三封我也通过字迹认了出来。后来麦可还在我耳边悄悄坦白了，尽管我们应

情人节将这张
贺卡打开，就
能看到我对你
的喜爱。

喜欢你！

该保密，不能说，但真的忍不住啊。

还有两封我完全不知道是谁送的！一封是很漂亮的买来的贺卡，上面有一条粉色的小龙；另一封是用 A4 纸折的，上面有一束花，电脑打印的，纸很好看，黄色、米白加粉色，里面还写着：

天气常变，风向常改。

好友永不变，美好共明天！

用在情人节再合适不过！写得真好，好朋友就是这样，我和蒂妮珂一百年以后肯定还是好朋友。

　　我看了看班上，没有人伤心，每个人的桌子上都至少放着一个打开的信封。玛加丽塔有两封呢，看起来特别高兴！我在想另一个给她写贺卡的人是谁，偷偷瞥了一眼那个信封，也是漂亮的黄色、米白加粉色，和我收到的那封不知是谁寄的一样！我心中顿时有了一个大大的问号。

　　我又看了看别的桌子，每张桌子上都有一个这样的信封，只是男生的不是黄色、米白加粉色，而是黄色、米白加蓝色，这下我知道了。

　　我碰了一下蒂妮珂说："石特林老师给我们每个人都写了贺卡！"蒂妮珂拿到了五封，比我少一点儿，但她不嫉妒，好朋友就不会嫉妒（大部分时候）。

　　不过我没有大声喊出来。我突然想到，玛加丽塔收到了一封石特林老师的，一封我的，但其实我不能算她的朋友，那这样还是很惨啊。我就想，也许课间休息的时候我们应该多带她一起跳皮筋、捉迷藏、玩一二三木头人。

这时，石特林老师敲了敲讲台说，如果大家都读完了贺卡，那就到了最重要的时刻，她要宣布我们一共挣了多少钱。我们带着邮袋去各班送信，石特林老师数钱。她自己一个人就数完了，真没意思。我很喜欢数钱，有时还会特意把存钱罐的橡皮塞拔下来，把钱倒出来点儿。蒂妮珂也会这么做，她也喜欢数钱，班上其他人肯定都喜欢。石特林老师给我们送了贺卡，也许她每往我们班的邮袋里放一封，就很快地交五分钱，没人会注意到。（她一共要付一百五十分，也就是一欧元五十分。每封信五分，我们班一共三十个人，所以应该用五乘三十，我们还没有学到，但我会算，五乘以三后面再加一个零就可以了，这是我从派特亚那里学来的小方法。）

八个班我们一共收到 51.45 欧元，是不是很厉害？石特林老师说非洲的孩子们可以给自己买很多学习用品了。他们好像特别喜欢学习用品，我也不明白为什么，如果是我的话，应该更喜欢糖果或者玩具。

我和蒂妮珂、弗丽茨放学回到家还得等悠儿，我们几个女生约好一起把信放进信箱。悠儿总比我们晚到家，因为要坐公交车从学校回来。

等悠儿时我又看了一眼自己做的贺卡，马上就要送出去了真有点儿舍不得（做出好东西我总舍不得送出去，想自己留着，但这样很小气，最终还是要送出去）。
我看着最好看的那张，上面有我
自己想出来的祝福，还有一只拿
着花束的小熊，像买回来的贺卡
一样，特别漂亮。可我突然想道：
没给爸爸妈妈写贺卡！所有人我
都想到了，甚至包括玛加丽塔，
就是没想到爸爸妈妈！我心里顿
时慌了起来。

不过我很快就冷静下来，想
到可以把那张可爱小熊拿花的给妈妈，也许她之后又会给我，放在
集贺卡的糖果盒里。那张带小鸟的可以给爸爸，从小鸟嘴里飘出几
个音符代表它在唱歌，本来要给瓦赞阿姨，但现在没办法，只能这
样了。

我赶紧又给瓦赞一家做了两张贺卡，也许不那么精美，但他们
肯定还是会开心，他们又不知道本来应该给他们的贺卡有多好看。

蒂妮珂问："你在干什么呢？"她背着那个毛茸茸的漂亮单肩包，
上面还有一个兔子脑袋，系着蝴蝶结，挂着小铃铛，包里肯定装着
她的贺卡，"现在还给谁做贺卡啊？你是不是又爱上谁了？"

我告诉她我把爸爸妈妈忘了，蒂妮珂说她也把爸爸妈妈忘了，
不过她觉得没关系。我们不会再坐下来做贺卡了，她还问我："你

知道你还忘了谁吗？"

我真想不出来，那天下午做贺卡时列了那么长的名单呢，肯定不可能还忘了谁。

蒂妮珂说："石特林老师啊！对不对？"

我又慌了！这可比忘了爸爸妈妈还糟糕！我努力回忆着石特林老师的讲台上有没有放着信封，确定全班没有一个人给石特林老师写贺卡，但她给我们每个人都写了一封！太叫人伤心了！

我对蒂妮珂说："那我们现在赶紧给她做！"

"你帮我做一张吧，等下我们放在她的信箱里！"

蒂妮珂虽然不情愿，但还是帮我画了一张，写上了我想出来的祝福，也没问我同不同意。我想出的特别好呢，但对老师应该不能说"你"吧？于是我赶紧用彩笔把"你"涂掉，画上一朵花，写上"您"，这样看上去没那么漂亮，但不仔细看的话看不出来改过。

弗丽茨和悠儿来找我和蒂妮珂的时候，我们刚好做完。

我们四个往外走，经过妈妈身边时我说："妈妈，等会儿你要看下信箱哦！"

妈妈说："啊？今天的信不是都送过了吗？"

后来我回到家，她说收到我的贺卡非常非常高兴，觉得小熊好可爱，祝福也很优美。如果我想要的话就把贺卡给我收藏起来，不过先要在厨房放一个星期左右，这样她就总能看见它。我的心思和力气总算没有白费啊！

最开心的人还是克里菲尔德爷爷奶奶，他们总是很容易开心，有人给他们吹笛子他们就很开心。

我们把贺卡塞进他们的信箱（一共四封，我、弗丽茨、蒂妮珂、悠儿各一封），刚要走，悠儿忽然小声说也许克里菲尔德爷爷奶奶今天都不会看信箱："信都已经拿过了啊！明天他们再来信箱拿信，情人节都过去了！"

我们互相看了看。蒂妮珂说迅速按一下门铃，然后溜出花园找个地方藏起来，这样克里菲尔德爷爷奶奶就不知道贺卡是谁送的，很神秘。

可惜海鸥街没多少可以快速藏起来的地方！树木都太矮了，毕竟是新修的小区。我们只好蹲在栅栏后面，但显然不管用，这里连茅斯都藏不住。

克里菲尔德奶奶开了门却一个人也没看见，一脸惊讶地说："咦？有人按门铃捣乱？"竟然没发现藏在矮矮栅栏后面的我们！等了一小会儿就又把门关上了。

悠儿说："哎呀，不管用啊！"又去按了一下，这次是克里菲尔德爷爷开门。

他说："老伴儿，你说的没错！没人！"但他看到了栅栏后的我们！"还真是有人故意捣乱按门铃，真没想到我们这里的孩子也会这样。"

我从栅栏后面冲出来喊道："不是捣乱，克里菲尔德爷爷！看一下信箱！"不解释清楚，下次去按门铃估计他都不会开门了！而且我也不想让他认为我们要惹他生气。

克里菲尔德爷爷说："是你啊，塔拉！你在我们的信箱里放了东西？为什么要跑呢？"

弗丽茨也蹦蹦跳跳地喊道："看一下信箱，克里菲尔德爷爷！有惊喜哦！"

克里菲尔德爷爷就拿上信箱钥匙，打开信箱取出信，看起来一脸迷茫。

他抓着脑袋说："呀，有四封信！是谁寄来的呢？今天不是我生日吧？老伴儿，我是不是把自己的生日忘了？"

弗丽茨叫道："不是不是，克里菲尔德爷爷！人不会忘记自己的生日！今天是别的日子！你读读信！"

"别的日子？"克里菲尔德爷爷说，看来还没意识到今天是情人节，"哦，哈哈哈，我把我家领导叫来。"

蒂妮珂说，反正克里菲尔德爷爷奶奶知道了信是我们送的，那我们可以留下看看他们多开心。

我说："也许他们不知道情人节是什么，我们应该告诉他们！"

克里菲尔德奶奶当然知道情人节是什么，她拆开第一封信说："孩子们，你们还想着我们，真好！我们都没想到给你们写贺卡，这情人节也是新鲜事，我们年轻的时候都没有，对吧，老伴儿？"

妈妈也这么说。

克里菲尔德奶奶接着说："那现在怎么办呢，老伴儿？我们没有贺卡给孩子们啊！"

我喊道："没关系，克里菲尔德奶奶！"其他人也都这么说。

克里菲尔德爷爷挠了挠头说，不知道情人节吃雪糕合不合适，也许我们可以将就一下吃个雪糕吧。

我们四个都说很乐意吃雪糕。克里菲尔德奶奶买好吃的都买大包家庭装，偶尔想给我们什么东西吃的时候家里都有。

克里菲尔德爷爷奶奶向我们挥手告别。我们吃着雪糕跑向瓦赞家（雪糕是广告里那种大雪糕，可惜妈妈从来不买），没有按门铃，而是直接把信投进了信箱，反正家里也没人。蒂妮珂、弗丽茨和悠儿两家也没人，只有文森特和劳林的妈妈在家，她的脚还没好。我们按了门铃，她开了门但可能有些不太高兴。她说我们都很好，给她送贺卡，但她走路还是很困难，也许下次我们要考虑到这一点。

有点儿扫兴呢，但还得去把贺卡送给石特林老师。

悠儿不想一起，说情人节已经过够了，而且石特林老师也不是她的老师，于是弗丽茨也要待在家里，说石特林老师也不教她。

我和蒂妮珂去了，而且我又想到一个好主意！

我从图画本里撕下一大张纸，用彩笔写上大大的几个字：速看信箱！还加了下划线，句末点了五个感叹号，红色的。

我把这张纸放在石特林老师家门口，还在上面压了一块石头，防止被风吹走，然后迅速按了一下门铃就跑到树丛后找蒂妮珂。（她躲在树丛后等我，石特林老师家附近有许多高高的树丛，那里不是新建的小区。）

石特林老师好高兴啊！她不知道我们正看着。

她朝屋里喊道："马丁，我收到两张情人节贺卡！真棒！"

原来石特林老师的老公叫马丁，我很喜欢知道大人的名字，而且马丁这个名字也很好听！

我对蒂妮珂说："就是圣马丁节[1]那个！骑马拿剑！还把一半披风送给穷人！现在一到圣马丁节孩子们就玩灯。"

蒂妮珂问："所以呢？"

我说："圣马丁做了许多好事，石特林老师也做了那么多好事，真是很合适！"

---

1. 圣马丁节：11月11日，当天人们会吃烤鹅，化装上街游行，并唱有关圣马丁的歌。

蒂妮珂觉得说不通，应该石特林老师自己叫马丁才对，但这不可能，因为马丁是男人的名字。（石特林老师叫露丝，我看过成绩单的签名。）

然后我和蒂妮珂就各自回了家。我正想着，美好的情人节又过完了，我收到了八张贺卡，真不错。可妈妈让我一定要再去看看信箱。

"刚才有人在那里吵吵闹闹，像群鸽子一样！"她说，"拿上钥匙。"

信箱里真的又有四封给我的信！有一封我一看就知道是茅斯送的，上面的图画得歪歪扭扭。

茅斯喊道："高兴吗，塔拉？是不是很高兴？"

我说特别高兴，但如果他能告诉我画的是什么就更好了（上面没有祝福语，茅斯还不会写字，就画了些山一样的东西）。

茅斯说："是霸王龙啊，塔拉！你看不出来吗？"

他都知道霸王龙了！但我觉得情人节贺卡上画霸王龙实在不合适，不过我没和茅斯说。

还有一封是派特亚送的，电脑打印的，看来没花什么力气，但我还是觉得挺好，毕竟想到我了。还有一封是劳林送的（字也写得歪歪扭扭）。最后一封是文森特送的，也是电脑打印的，但挺好看，图片很好玩儿，香槟瓶子的软木塞蹦了出来，瓶口喷出几个字："Be my Valentine！"

想到这可能代表文森特想和我好，我都有点儿脸红了，但肯定不是，我们以后才结婚呢，我觉得只是他从网上找来的。

妈妈一边将着我的头发一边说："高兴吧？赶快去喂喂兰比！"

光顾着情人节，竟然把兰比给忘了！我有点点惭愧，于是拿了一根特别好的胡萝卜和一块黄瓜，还从冰箱里拿了一片做沙拉用的生菜叶子。兰比很开心，大口大口地吃着，比吃什么都痛快。

我从克里菲尔德爷爷奶奶家的院子往家走的时候，天已经黑了，四周一片静谧，只有高速路上传来的一点儿隆隆声。我们这一排房

子一层的客厅都亮着灯，二楼蒂妮珂、弗丽茨、悠儿的房间也亮着。

　　我就想，住在海鸥街是多么幸运！真的永远永远都不想搬走。文森特给我写情人节贺卡也好，我们结婚之后搬到他家，就是这排房子最顶头那栋也好。

　　我终于躺在床上，妈妈关了灯，爸爸也像往常那样说："睡个好觉，小公主！"黑暗之中我突然又想起一件事，居然一整天都没想起来。

　　在学校收到的贺卡还有一张不知道是谁送的呢！原来有两张神

秘贺卡，一张已经知道是石特林老师送的，那另外一张呢？我又轻手轻脚从床上起来，走到书桌边，那张贺卡压在所有贺卡的最下面，我把它抽出来，放在爸爸每晚都会为我点亮的门边小夜灯下，这样看得更清楚。

这张神秘贺卡也是电脑打印的，但里面的字是手写的，有点儿不整齐，（大部分）女生不会这样写字，所以应该是男生送的。

我又爬回床上，数着天花板上的夜光星星（一共十二颗，早就知道了），想着，有个男生送了我一张情人节贺卡啊！也许其他班的某个人爱上我了。

然后我就心满意足地睡着了。